La Maison des petits bonheurs

Édité pour la première fois en 1939,
ce texte est ici repris dans sa version intégrale.
Les prix qu'il mentionne doivent
bien sûr être réévalués.
On estime ainsi que le tablier de l'Uniprix,
gros lot de la loterie organisée par Aline,
vaudrait aujourd'hui environ 15 euros.

Casterman
Cantersteen 47
1000 Bruxelles

www.casterman.com
ISBN : 978-2-203-06183-5
N° d'édition : L.10EJDN001106.C003

Achevé d'imprimer en avril 2017, en Espagne
Dépôt légal : août 2012 ; D.2012/0053/375

Déposé au ministère de la Justice, Paris
(loi n° 49.956 du 16 juillet 1949 sur les publications destinées à la jeunesse).

Colette Vivier

La Maison des petits bonheurs

Illustré par Serge Bloch

casterman POCHE

Mardi 10 février.

Je m'appelle Aline Dupin ; j'ai onze ans depuis le 16 août. Estelle a douze ans. Riquet a six ans et demi. On habite 13 *bis*, rue Jacquemont, la maison qui est juste en face de la cour du charbonnier. C'est très commode pour papa, parce qu'il travaille chez M. Martinet, le menuisier qui a sa boutique au coin de la rue, et que ça ne lui fait pas loin à aller, mais c'est moins commode pour nous, parce que le trottoir est si étroit qu'on ne peut même pas jouer à la marelle dessus. Mais c'est comme ça.

Estelle et moi, on couche dans la chambre qui donne sur la cour, à côté de la cuisine. On a le même lit, et c'est ennuyeux, parce que Estelle me donne tout le temps des coups de pied ; et puis, elle tire le drap de son côté si bien que, quand je me réveille, j'ai froid comme tout. Mais on rit aussi : avant de s'endormir, on se raconte qu'on est des dames et on parle de nos maris, patati, patata. Riquet nous entend (il dort dans la salle à manger) ; il crie : « Pourquoi est-ce que vous riez ? » et, comme on ne répond pas, il est furieux, il appelle maman, exprès pour qu'elle nous gronde. Et maman vient, mais, quand elle entre, on fait semblant de dormir : on sait très bien.

J'ai ma poupée, j'ai ma balle rouge, j'ai ma petite épicerie ; j'ai aussi ma patinette, mais je n'aime pas beaucoup ça et c'est plutôt Riquet qui joue avec. Comme livres, j'ai *Sans famille*, et puis *La Roulotte*, et puis *David Copperfield*. En général, j'aime mieux les histoires tristes où on a un peu envie de pleurer ; mais il faut qu'elles finissent bien.

À l'école, j'ai été première en dessin, mais, à part ça, je ne peux pas dire que ça marche très bien, surtout pour les problèmes, pour la géographie, pour l'histoire, et aussi pour les rédactions où la maîtresse dit que je fais trop de fautes de français. Eh bien, que dirait-elle si elle voyait mon journal ? Elle me mettrait zéro, bien sûr, mais c'est trop compliqué de faire attention !

Et quoi encore ? J'adore les marrons glacés, la soupe au potiron et la crème au chocolat. Je déteste les salsifis, le foie de veau, les poireaux à la vinaigrette. J'ai eu la rougeole, mais pas la varicelle. Estelle et moi, on a des robes vert foncé, et puis, pour le dimanche, des belles en velours bleu, avec des petits galons qui font très chic.

Je crois que c'est tout.

Mercredi 11 février.

Quelle journée ! J'ai tant pleuré que j'en ai mal au cœur, et mon mouchoir est tout trempé. D'abord, pour commencer, voilà que j'avais fait cette nuit un très beau rêve. J'ai voulu le raconter à Estelle, mais elle a mis ses deux mains sur ses oreilles pour ne rien entendre : c'est toujours comme ça ; ses rêves à elle, il faut que je les écoute d'un bout à l'autre, et elle en ajoute ; et puis, quand c'est les miens, elle fait la sourde.

« Tant pis, ai-je pensé, je vais le raconter à Riquet. »

Lui, il a bien voulu, mais à condition que je lui lave les genoux avant. Et ils étaient sales !

— Ce n'est pas de ma faute, m'a-t-il expliqué, j'ai fait le chameau tout le temps, hier, à la récréation.

Je lui ai conseillé de le laisser faire un peu aux autres, mais il dit que c'est lui qui le fait le mieux.

Oui, mais à force de parler du chameau, j'ai complètement oublié mon rêve ; c'est malheureux alors !

« Bon, me dis-je, à l'école, au moins, ça ira bien. »

Mais ç'a été tout le contraire. La maîtresse nous annonce :

— Je vais vous poser une question qui vous amusera : quel est, à votre avis, le plus beau mot de la langue française ? Allons, cherchez !

Ça ne nous amusait pas du tout, mais il a bien fallu faire semblant. Carmen Fantout lève la main la première et crie : « Sagesse ! » Je la connais : c'est une hypocrite ; elle a dit ça pour faire croire qu'elle est toujours sage. Violette Petiot a dit : « Caramel » parce qu'elle les adore ; Tiennette Jacquot : « Vacances » ; Jacqueline Mouche : « Noël » ; Marie Collinet : « Soleil » ; Lulu Taupin : « Dormir », enfin, chacune a choisi ce qu'elle préférait.

— Tout cela est bien banal, a soupiré Mlle Délice ; voyons, Aline, toi qui as de l'imagination, tâche de dénicher quelque chose de mieux !

Je me sens si fière d'avoir de l'imagination que je décide de trouver un mot très drôle, qui fasse rire tout le monde. Je cherche, je cherche... Ah! j'ai trouvé, et je crie : « Torticolis ! »

Ç'a été un succès, en effet ; toutes les élèves riaient tellement qu'elles en pleuraient ; il n'y avait que la maîtresse qui ne riait pas.

— Tu ne me feras jamais croire, m'a-t-elle dit, que « torticolis » est, pour toi, le plus beau mot de la langue française !

J'ai voulu protester, dire que j'aimais beaucoup « torticolis », vraiment, et que... et que... Au milieu de ma phrase, voici que le fou rire me prend ; je me mords les lèvres jusqu'au sang, j'essaie de penser à une chose triste ; rien à faire, je ris toujours !

Mlle Délice me montre le couloir :

— Allez donc un peu dehors, mademoiselle, cela vous calmera !

Et voilà ! Je suis restée à la porte jusqu'à la fin de la classe, et j'ai eu un zéro de conduite. C'est trop fort, parce que, enfin, m'a-t-on demandé, oui ou non, d'avoir de l'imagination ? J'en ai, et on me punit à cause de ça !... « Maman me comprendra ! » me suis-je dit pour me consoler. Mais maman s'est fâchée : « Ce n'est pas ta sœur qui aurait raconté une bêtise pareille ! » a-t-elle déclaré, et elle n'a pas voulu m'embrasser. Je me suis cachée derrière le rideau et je pleure, je pleure. Personne ne m'aime, voilà la vérité. Si j'attrapais la varicelle, pour les punir, ou même la fièvre typhoïde ? Je serais morte, et ce serait bien fait !

Ah, que c'est triste d'être triste !

Jeudi 12 février.

Comme nous nous sommes amusés, cet après-midi ! Maman nous avait donné 1,50 franc à chacun, et nous avons été à la fête de la place Blanche, où j'avais tant envie d'aller. J'étais tellement contente qu'en essuyant la vaisselle, j'ai cassé une soucoupe (celle de la tasse bleue), mais tant pis ! Maman nous avait recommandé de tenir Riquet par la main pour qu'il ne se perde pas, mais elle avait oublié de dire si ce devait être Estelle ou moi ; alors on s'est disputées et, pour finir, on lui a pris chacune une main ; il était furieux, mais, comme dit Estelle, nous sommes les aînées et il faut bien qu'il nous obéisse. Et puis, tout de suite après, on a recommencé à se disputer parce que chacun voulait monter sur quelque chose de différent. On criait ; Riquet : « Sur les avions ! » Estelle : « Sur les chevaux qui montent et qui descendent ! » Moi, j'aimais plutôt mieux les balançoires, les rouges surtout, qui avaient une musique. Finalement, on a choisi les chevaux : 50 centimes le tour, ce n'était pas cher, d'autant plus qu'ils étaient très beaux et qu'ils tournaient à une vitesse… en haut, en bas, en haut, en bas… Au commencement c'est amusant, mais après, on se sent drôle et, quand ça s'est arrêté, j'avais mal au cœur.

– Écoute, me dit Estelle, on va acheter du nougat, ça te guérira tout de suite !

Nous voilà partis ; mais, tout d'un coup, zimbadaboum !… Cela venait d'une baraque verte : une loterie. On se faufile au premier rang. Un clown multicolore, grimpé sur une échelle, montre un tas de belles choses qui sont rangées dans le fond, autour de la grande roue.

– Approchez, crie-t-il, approchez ! À tous les coups l'on gagne ! Champagne du cru, services de table, canifs, cuillers, fauteuils de velours, bonbons, coussins, vases, pendules… 50 centimes la partie, 50 centimes seulement, et vous montez votre ménage !

– Oh, fait Estelle, si on essayait, rien qu'une fois ? J'aimerais tant gagner ce beau vase-là, à fleurs roses !… On joue ?

— Oui, oui ! crions-nous.

Je mets mes 50 centimes sur le 5, Riquet met les siens sur le 8, Estelle, sur le 2.

La roue tourne, s'arrête.

— Le numéro 8 !

— C'est moi ! hurle Riquet. Je veux un canif !

Du coup, on a rejoué tous les trois sur le 8, cette fois-là, et le 8 est ressorti ! C'est plutôt de la chance !... On était rouges, rouges, comme si ça avait été mal, et tout le monde nous regardait. Riquet a choisi un gros nougat, Estelle, son vase à fleurs ; mais, moi, je ne savais pas.

— Dépêchez-vous ! grommelait le clown qui ne riait plus du tout.

Que prendre ? Un coussin ? Une pendule ? J'ai fini par montrer la pendule, mais mon doigt tremblait tellement que le clown a cru que c'était le coussin. Ça ne fait rien, car il est magnifique, en velours vert, avec, dessus, un cygne en or. Après, on est partis : on en avait plein les bras. Et c'est maman qui a été étonnée ! Elle a placé mon coussin sur le vieux fauteuil de la salle à manger, juste là où il y avait une tache d'encre, et ça cache tout, et elle voulait mettre le vase d'Estelle sur la cheminée, à côté de la boîte en coquillages ; mais Estelle n'a jamais voulu, parce qu'elle disait que le vase était à elle.

— Il sera tout autant à toi ici qu'ailleurs, lui a dit maman.

Mais elle a commencé à pleurnicher, et ma petite maman par-ci, et ma petite maman par-là, et je veux mon vase, et je l'aurai. Finalement, le vase est dans notre chambre, sur la toilette, et ça va être commode pour se laver, avec ce grand truc-là à côté de soi ! Mais Estelle est ravie ; elle a tant embrassé maman qu'elle a fini par la faire tomber à la renverse sur le fauteuil, en plein sur mon coussin. Alors on a fait une ronde, en chantant sur l'air de « Malbrough » :

À tous les coups l'on gagne
Coussinet, coussinet, coussinette
À tous les coups l'on gagne
Un vase en beau cristal !

— Ah, folles, folles ! répétait maman, vous ne pourriez pas être plus raisonnables, à votre âge ?

Mais elle riait, tout en parlant, et, quand papa est rentré et qu'il a vu toutes nos belles affaires, il a dit qu'il fallait fêter ça et il est descendu acheter des gâteaux pour le dessert. Riquet et moi, on a eu un éclair au café, et Estelle, une tarte aux cerises, et si j'avais su, j'aurais pris la tarte, parce que, dans les éclairs, il n'y avait presque pas de crème. Mais c'était bon quand même.

Après on a joué aux dominos, et papa a eu beau chanter : « À tous les coups, je gagne », c'est lui qui a perdu tout le temps, ce qui nous a tant fait rire que Mme Petiot (la voisine) a envoyé Violette pour savoir ce qui se passait.

J'ai oublié de dire que je ne suis plus triste.

Samedi 14 février.

Une devinette : pourquoi les blanchisseuses n'ont-elles jamais d'indigestions ?

Réponse : parce qu'elles font des repas sages.

Elle est bonne ? C'est Tiennette Jacquot qui me l'a passée, pendant la classe de couture.

Samedi après-midi.

Je n'ai pas pu aller à l'école cet après-midi ; c'est à cause de Riquet. Papa lui avait pourtant bien défendu de couper le pain tout seul, mais voilà, il voulait essayer son beau canif ; alors, pendant que papa lisait son journal et que maman versait le café, il s'est faufilé dans la cuisine pour se tailler une tartine avec. Ah, comme il s'est coupé, il y avait du sang tout le long de sa culotte, et jusque par terre ! Maman lui a noué un mouchoir autour du doigt ; mais ça traversait, et il hurlait si fort qu'Estelle et moi, nous nous sommes mises à pleurer et que maman en était toute pâle.

— Oh ! a-t-elle dit, je ne saurai jamais m'en tirer, ça saigne trop, il vaut mieux le conduire chez le pharmacien ! Mais moi, je ne peux pas, il faut que je porte à la poste, avant deux heures, le pull-over pour tante Lotte... et papa qui est déjà en retard... Alors, toi, Estelle ?

Estelle a protesté : elle avait justement sa composition de sciences où elle est toujours la première. Aussi ç'a été moi, forcément. Ça m'ennuyait un peu, pas tant à cause de la classe (calcul) que parce que, à la récréation, on joue au voyage, et que c'était à mon tour de faire la mère qui donne des gifles. Enfin, tant pis. J'ai traîné Riquet chez le pharmacien ; il avait très peur, mais, en fin de compte, ça s'est très bien passé. Le pharmacien lui a lavé son pouce avec de l'eau oxygénée, et puis il lui a mis de la pommade rose, et puis de la gaze, et puis un pansement très gros, et, pour le consoler, il lui a donné cinq boules de gomme. Ça a coûté 2 francs, et, quand on est repartis, Riquet commençait à être très fier ; il tenait son pouce dressé devant lui, comme une bougie, et il faut avouer qu'il en faisait un effet, avec son pansement et sa culotte tachée de sang ; on aurait dit un vrai drame ! À la maison, la concierge, Mme Misère, est sortie de sa loge en levant les bras au ciel :

— Qu'est-ce qu'il y a ? Ah ! misère, le pauvre enfant est blessé !

J'ai tout raconté en détail, et elle nous a donné à chacun un bonbon au goudron contre le rhume de poitrine : c'est mauvais comme tout, mais on n'a pas osé refuser ; seulement, une fois dans l'escalier, on l'a craché bien vite et on a repris une boule de gomme, pour faire passer le goût.

Mais tout le monde nous avait entendus ; au second, des portes s'ouvrent, je reconnais la petite voix inquiète de grand-mère Pluche, et celle de Mlle Noémie qui répondait :

— Ça ne m'étonne pas : des enfants élevés comme ça, il leur arrivera n'importe quoi !

Ce qui n'empêche pas que, dès qu'elle nous a vus, elle nous a invités à entrer chez elle pour qu'on lui explique.

— Allons-y, m'a soufflé Riquet, elle nous offrira peut-être quelque chose !

Eh oui, on a eu du cassis et, pendant que je racontais mon histoire, grand-mère Pluche est entrée avec deux petits pots de crème au chocolat qu'elle venait de faire pour Gabriel (c'est son petit-fils). C'était encore tout chaud, et d'un bon !

— Mangez, mangez, nous disait-elle, ça creuse, des émotions pareilles ! J'imagine ça, si c'était arrivé à mon douillet de Gabriel !

Et, quand on a eu mangé, Mlle Noémie a fait lécher le fond des pots à son chien Mitaine. Mais moi, j'en avais assez, et j'ai dit qu'il fallait qu'on monte pour que Riquet change de culotte.

— Alors, dit Riquet, une fois dehors, alors, c'est fini ? C'était pourtant très amusant d'avoir mal ! Et les Fantout ? Et maman Petiot ? Ils n'auraient pas pu se déranger, ceux-là ?

— Plains-toi un petit peu fort, lui dis-je, peut-être qu'ils t'entendront.

Et, juste comme il essayait, voilà maman Petiot qui monte quatre à quatre de chez les Fantout où elle venait de faire la lessive. Elle prend mon Riquet dans ses grandes mains encore mouillées, elle le cajole, elle le dorlote.

— Eh, ça vaut bien un caramel, cette affaire-là, hein, mon agneau ?

Riquet me lance un petit clin d'œil :

— Si vous voulez, madame Petiot !

Et on en a eu chacun quatre, des caramels, avec, en plus, un morceau de gâteau de riz gros comme mon poing ! À la fin, on ne pouvait plus avaler, surtout qu'il a fallu encore tout raconter.

— Ta mère aurait dû venir me chercher chez les Fantout, a dit Mme Petiot ; je l'aurais fait, moi, ce pansement !

Mais, à ce moment-là, Nono s'est mis à crier (il perce des dents) ; on est partis, et maman Petiot m'a dit que Violette viendrait m'apporter, à quatre heures, les devoirs et les leçons pour lundi.

En attendant, je me suis dépêchée de ranger la salle à manger qui était restée en désordre et, en balayant, j'ai trouvé le canif par terre. Riquet l'a pris, et puis il a regardé son pansement.

— Il coupe tout de même joliment bien, mon canif ! a-t-il dit, plein d'admiration.

Dimanche 15 février.

Voici la maison, avec les noms des locataires. J'aurais voulu la mettre en couleurs, mais je ne trouve plus mes crayons, et Estelle ne veut pas me prêter les siens.

la maison des petits bonheurs.

1. – La concierge, Mme Misère. C'est papa qui l'a appelée comme ça, parce qu'elle gémit tout le temps : « Misère, misère ! » Il faut dire que son mari s'est noyé et qu'elle, elle se croit malade. Mais maman dit qu'elle n'a rien.

2. – C'est à louer.

3. – Les épiciers Fantout. Ils ont tout l'étage, mais il leur faut bien ça, parce qu'ils sont si gros qu'ils ne peuvent sûrement pas tenir tous les trois dans la même pièce ! Leur fille, Carmen, est dans ma classe, mais je ne l'aime pas : elle regarde sur vous aux compositions et, quand on souffle, elle le dit à la maîtresse.

4. – Grand-mère Pluche, avec le gros Gabriel qui court très mal et qui mange tout le temps.

5. – Mlle Noémie. Elle est couturière. C'est elle qui nous a fait nos robes bleues.

6. – M. et Mme Petiot, avec Violette, Armand et Nono. Armand est insupportable, Violette est mon amie de cœur.

7. – Nous. La première fenêtre à gauche, c'est la salle à manger ; la deuxième, c'est la chambre de papa et de maman. Estelle et moi, nous sommes derrière, avec la cuisine.

8. – Les vieilles caisses et les souris.

L'escalier a été repeint à neuf au jour de l'an, en vert clair, avec une bande vert foncé en bas : c'est très joli.

Mardi 17 février.

Estelle est encore première en sciences ; c'est vraiment bien ! Moi, j'ai ma composition d'histoire, demain ; toute la guerre de Cent Ans, et elle dure ! Ce sont ces dates qui m'ennuient ; maman m'a promis de me les faire réciter ce soir, si elle en a le temps, mais je mélange tout, surtout au moment où Jeanne d'Arc chasse les Anglais avec un tas de batailles, et pas une qui aurait une date pareille. Ah, c'est ennuyeux, les guerres, et pourvu que je n'aie pas ça, au moins !

On a des pantoufles neuves, rouges, avec des pompons magnifiques. Les miennes sont un peu trop grandes et j'ai mis de l'ouate dans le bout.

À midi, les frites étaient dures comme tout. C'est de notre faute, à Estelle et à moi : maman nous avait dit de les surveiller pendant qu'elle descendait acheter la salade, et, comme on jouait aux devinettes, on a oublié.

Ce soir, il y a de la soupe au potiron.

Vite, à mes dates !

Mercredi 18 février.

J'ai eu Jeanne d'Arc ! Quelle malchance, quand je pense que je savais sur le bout du doigt tout Charles V ! J'ai fait au moins neuf fautes, et peut-être même dix, parce que j'ai mis qu'Orléans était au sud de la Loire et que je crois que non. Et cette bêtasse de Carmen Fantout qui roulait des yeux ravis en répétant : « Non, ce que c'est facile, ce que c'est facile ! » Violette aussi d'ailleurs... Oh, j'en aurais pleuré.

Mercredi soir.

1 sucette .... 0,15 F
1 crayon rouge.................0,25 F
2 caramels ... 0,10 F + 0,10 F = 0,20 F
En tout .... 0,60 F

Et je n'ai que 0,50 franc. Comment faire ? Si je prenais un caramel en moins ? Ou plutôt non, si je demandais à papa de payer le crayon rouge ? Après tout, il est pour la classe !... Et, comme ça, je pourrai acheter :

1 sucette .... 0,15 F
2 caramels .... 0,20 F
3 réglisses .... 0,05 F x 3 = 0,15 F
En tout .... 0,50 F

Parfait ! Les caramels et les réglisses, nous les partagerons, Estelle et moi, avant de nous endormir.

Jeudi 19 février.

Ce matin, il faisait beau et nous avons joué tous ensemble dans la cour. Ce n'est pas la cour de la maison, elle est trop petite, et puis Mme Misère a peur qu'on la salisse ; non, c'est la cour du charbonnier qui est en face. Au commencement, on n'osait pas y entrer, mais, un jour, Armand a eu l'idée de lancer son ballon par-dessus le mur, à tout hasard, et il a demandé au charbonnier s'il pouvait aller le chercher. Le charbonnier a dit oui et, comme on en profitait pour entrer tous avec Armand, en faisant comme si on ne trouvait pas le ballon pour rester plus longtemps, il nous a crié, en souriant dans sa grosse moustache :

— Eh ! les enfants, restez-y donc, puisque vous y êtes ! Vous y jouerez plus à l'aise que dans ce sale boyau de rue, et moi, ça me distraira de vous entendre !

Depuis, c'est là que nous allons jouer chaque fois que nous avons un moment : le jeudi surtout, mais pas le dimanche, parce que nous avons nos beaux vêtements et que la cour est noire. Dans un coin, il y a une vieille charrette sur laquelle on grimpe, les filles avec les garçons. Armand s'amuse à la faire basculer, pour qu'on crie ; Estelle crie, Violette aussi, mais pas moi, exprès pour le punir.

Aujourd'hui, on a joué aux petits papiers ; c'est un nouveau jeu que Tiennette Jacquot m'a appris hier, à l'école : on écrit un tas de noms sur des petits bouts de papier, on en tire trois, et ça vous dit ce que vous ferez plus tard.

On voulait tous commencer à la fois ; alors, on a compté, comme pour cache-cache, et c'est Estelle qui est sortie. Elle a tiré :

— « Clown », « bateau », « brioche ». Dis donc, Armand, imagine que ce soit toi que j'épouse, hein ?... Tu serais clown, on habiterait un bateau et on mangerait de la brioche ; ce serait joliment amusant !

Mais Armand a protesté. Clown, ça lui irait encore, mais la brioche, il la déteste, et il a mal au cœur dès qu'il met le pied dans une barque.

— Non, a-t-il ajouté, tire autre chose, ma vieille, ou épouse Gabriel !

— Gabriel ? fait Estelle, vexée. Ah ! non, par exemple ! Avec l'appétit qu'il a, il en mangerait tant, de brioche, qu'il deviendrait un vrai patapouf, et je ne veux pas d'un mari avec un gros ventre, moi !

Oh, que nous avons ri ; Violette et moi, nous avons failli en tomber de la charrette ! Gabriel aurait bien voulu se fâcher, mais il avait la bouche pleine de chewing-gum, et il a mieux aimé rire avec nous : c'est moins fatigant !

— Je tire ! a crié Violette : « fermière », « jardin », « oiseau »... Quel bonheur, j'aime tant la campagne !

Riquet, lui, a eu : « chasseur », « île déserte », « ballon », et moi : « danseuse », « palmier », « bonbons », comme dans le conte de la petite fée Pamplemousse qui fait des pointes en haut d'un arbre, pendant que les grenouilles la regardent.

— À mon tour, a déclaré Armand, et vous allez voir ce que vous allez voir ! « Prince », « raquette »,

« poisson... », Ma-gni-fique, les amis ! Je ne sais pas très bien ce que la raquette vient faire là-dedans, mais qu'est-ce que je pêcherai comme poisson sur mon yacht ! Ah, ils n'auront qu'à bien se tenir, les requins !

Estelle m'a lancé un clin d'œil :

— Euh, ils n'ont pas grand-chose à craindre... hein, Aline ?

Je ne comprenais pas, mais j'ai pris quand même un air entendu.

— Quoi ? a grommelé Armand, qu'est-ce que ça veut dire : « Hein, Aline » ?

— Oh, rien, ai-je fait. Une remarque en l'air.

— Alors, flûte, je m'en moque... Et puis, quoi, qu'est-ce que c'est ? Des mensonges, naturellement !

Estelle a bondi.

— Des mensonges ? Oh !... Ce n'est pas vrai peut-être qu'en histoire naturelle, mardi dernier, tu as dit au maître que les langoustes se pêchaient avec un asticot ? Non ? non ?

Et si, c'est vrai : le frère de Jacqueline Mouche est dans la même classe qu'Armand, et il l'a dit à Jacqueline qui me l'a raconté. Armand était tout rouge de colère.

— Vous m'ennuyez ! Ah, voilà bien les filles, toujours à raconter n'importe quoi !

Estelle a pouffé de rire.

— Oh, oh, le beau prince, voyez comme il bisque !

Là-dessus, elle saute à bas de la charrette en nous entraînant, Violette et moi, et salue Armand jusqu'à terre.

— Votre Majesté le Prince des Asticots, permettez à vos humbles sujettes…

— Tais-toi, criait Armand, tais-toi, ou je… je…

Mais plus il criait, plus nous riions et, finalement, nous sommes parties toutes les trois bras dessus, bras dessous, en faisant semblant de nous raconter des choses sur lui ; mais, en réalité, nous ne disions rien, c'était seulement pour le faire enrager. Alors, Armand a bondi dans la charrette.

— En tout cas, vous n'y monterez plus !

— Parfait, ai-je dit, voilà le carrosse du prince tout trouvé ! Et nous nous sommes mises à sauter autour en chantant sur l'air du « Roi Dagobert » :

C'est le prince Asticot
Qui est monté dans son carrosse,
Un carrosse en bois,

Fort joli, ma foi !
C'est pour aller pêcher
Les poissons par le bout du nez !

– Ooooh ! hurlait Armand en serrant les poings, si vous n'étiez pas des filles, qu'est-ce que vous prendriez, alors ! Et toi, Gabriel, tu ne pourrais pas venir m'aider, espèce de gros patapouf ?

Mais Gabriel s'en gardait bien. Quant à Riquet, il baissait la tête avec un drôle d'air. Alors, pang ! pang ! Armand leur donne une bonne bourrade à chacun, et c'est comme ça que ça a fini, parce que Riquet s'est mis à pleurer si fort qu'on ne pouvait plus le consoler. Armand, qui avait un peu honte, lui a offert une bille ; mais Riquet n'en a pas voulu, et il m'a confié tout bas :

– C'est pas pour ça que je pleure, il m'a pas fait mal, mais c'est... c'est parce que je veux pas être chasseur !... Si je rencontrais un lion, qu'est-ce que je ferais dans l'île déserte où y aurait pas maman ?

– Pauvre Riquet, ai-je dit, mais c'est pour rire !

– Alors, pourquoi est-ce que vous vous disputez comme si c'était pour de vrai ?

– Il a raison ! a crié Armand ; allez, les amis, on joue à autre chose : dernier chat perché y est !

Et on n'a plus parlé des petits papiers.

Orléans est sur la Loire, je l'ai demandé à Violette. Ça me fait mes dix fautes.

Vendredi 20 février.

Je suis dix-neuvième en histoire, avec 7. Oh, comme j'ai pleuré quand la maîtresse a donné les places ! J'avais bien tout repassé, pourtant, et maman qui s'était donné tant de mal pour me faire réciter mes dates !... Je dois dire que Mlle Délice a été gentille comme tout. Elle m'a fait venir près d'elle, après la classe, et elle m'a dit qu'il ne fallait pas que je pleure, qu'elle était très contente de moi parce qu'elle voyait bien que je faisais tout ce que je pouvais ; que, d'ailleurs, les compositions ne comptaient pas, que ce n'était pas là-dessus qu'on jugeait les élèves ; enfin, elle en a tellement et tellement dit que je n'ai plus eu de chagrin du tout. Je regardais son corsage ; comme il est joli ! De loin, on dirait qu'il est rose, mais quand on le voit de près, on s'aperçoit qu'en réalité il est blanc, avec de toutes petites raies roses très serrées.

– Qu'est-ce que vous regardez donc ? m'a demandé la maîtresse.

— C'est votre corsage, mademoiselle, il est si beau !

Et je lui ai expliqué, pour les petites raies. Alors, elle s'est mise à rire et elle m'a donné un crayon rouge, un peu comme celui que papa m'a acheté, mais, forcément, en beaucoup plus beau. Et elle m'a demandé encore si Estelle travaillait toujours aussi bien et si elle voulait toujours devenir institutrice (elle l'a eue comme élève, l'année dernière). J'ai dit oui, et qu'elle venait d'être la première en sciences. « Vous la féliciterez de ma part », a dit Mlle Délice. Comme elle est gentille, tout de même ! Je comprends qu'Estelle l'adore.

En histoire, Violette est neuvième, Lulu Taupin est trentième, Tiennette Jacquot est douzième, *ex aequo* avec Marie Collinet ; Carmen Fantout est huitième et elle a copié sur Violette. Violette m'a avoué qu'elle l'avait bien vue, mais elle est si bête pour tout ça qu'elle n'ose jamais le lui défendre.

Samedi 21 février.

Hier soir, dès que nous avons été couchées, j'ai raconté à Estelle ce que m'avait dit la maîtresse, et elle m'a parlé de plus tard, quand elle serait institutrice : elle sera très, très sévère, et toutes les élèves qui ne l'écouteront pas auront trois mauvais points. Et elle s'achètera des corsages brillants, comme ceux de Mlle Délice.

— Oh, a-t-elle soupiré, comme je voudrais déjà y être !

Eh bien, pas moi ; je n'ai pas du tout envie de grandir, et j'aimerais bien mieux rester toujours comme maintenant, nous trois, avec papa et maman. Quand on est grand, on ne peut plus jouer à la marelle, ni avoir des récréations, ni pleurer quand on tombe. Évidemment, il y a des avantages : on lit le journal, on se couche à l'heure qu'on veut, on n'est pas forcé de manger ce qu'on n'aime pas. Mais, à côté de ça, il faut faire des économies pour le loyer, et tout, et tout... Heureusement que ça n'arrivera que dans très, très longtemps ! Ça me fait seulement un peu de peine qu'Estelle soit si pressée.

Dimanche 22 février.

Quel temps ! Toute la nuit, il a plu, et le vent soufflait si fort que la fenêtre de notre chambre, qui ferme mal, remuait tant qu'elle pouvait. C'est ce que nous appelons, Estelle et moi, le « Titoum » parce que ça fait : « Ti-toum ti-toum », et, depuis le temps qu'on entend ça, on y est habituées, mais, quand même, cette nuit, c'était trop. Pour comble de malheur, le poêle de la salle à manger s'est éteint, maman a été obligée de le rallumer, et elle n'y arrivait pas ! Je lui ai bien offert de l'aider, mais elle a répondu, comme chaque fois : « Reste donc tranquille, ma Liline ! » et elle nous a donné notre déjeuner au lit, pour que nous ne prenions pas froid. J'aime ça, moi, faire la grasse matinée !

Riquet est venu nous rejoindre avec son oreiller et son album de Mickey ; il s'est mis au bout du lit mais Estelle faisait exprès d'étendre ses pieds très loin pour qu'il ne puisse pas s'asseoir. Elle lui en veut, et voici pourquoi : c'est parce que, hier, papa a rencontré M. Perraudin, le maître de Riquet, et M. Perraudin lui a dit que Riquet l'avait bien fait rire. Il lui avait demandé en calcul (ils en sont à la division) :

— Tu as huit cerises et tu les partages avec ta sœur. Combien t'en reste-t-il pour toi ?

Riquet a réfléchi.

— Ça dépend : si c'est avec Aline, j'arriverai bien à en garder six ; mais si c'est avec Estelle, elle ne m'en laissera sûrement pas plus de deux !

Papa a raconté ça à maman, pendant le dîner, et on a tous ri, sauf Estelle qui était furieuse !

— Je reconnais que c'est vexant pour toi, lui a dit maman, mais cela t'apprendra, ma petite, à être plus gentille avec ton frère.

Estelle n'a rien répondu, mais, depuis ce moment-là, elle boude et, ce matin, elle était d'une humeur de chien ; elle restait tout le temps plongée dans ses contes de Grimm et, chaque fois que je lui disais quelque chose, elle grognait. Moi, je lisais *David Copperfield* et je tournais la page 39 lorsque maman nous a crié de nous laver, parce qu'il allait être dix heures.

— Toi la première, ai-je dit à Estelle ; hier matin, c'est moi qui ai commencé.

Estelle a haussé les épaules.

— Pas du tout, mademoiselle, c'est moi !

— Comment ! Comment ? Quel toupet ? C'est moi, moi !

— Non, moi !

— Avez-vous bientôt fini ? a crié maman, de la salle à manger. Allons, Estelle, c'est à ton tour, Liline a raison ; lève-toi, et plus vite que ça !

Estelle a bien été forcée d'obéir, mais, pour se venger, elle a mouillé la serviette, et elle a laissé plein de savon dedans, pour que ça me pique. Oh, elle est mauvaise, quand ça lui prend ! Mes yeux me brûlaient tant que je n'y voyais plus et qu'en cherchant l'éponge à tâtons pour les frotter j'ai renversé le fameux vase à fleurs : un peu plus, il était en miettes !

— Méchante ! a hurlé Estelle, je t'ai vue, tu l'as fait exprès !

J'ai dit que non, elle a dit que si et, finalement, nous avons tant crié que maman est accourue et, clic, clac, nous avons reçu chacune une gifle. Alors, Estelle a continué à bouder dans son coin et moi, dès que j'ai été prête, j'ai couru me chauffer près du poêle en me disant que maman était tout de même bien sévère, parce que, enfin, je n'y étais pour rien là-dedans ! Et qu'est-ce que je vois ? Maman, assise par terre, devant le poêle éteint, au milieu d'un tas de charbon et de journaux sales ; sa figure, ses mains étaient barbouillées de suie, et elle pleurait à chaudes larmes, sans bruit.

— Maman, maman, qu'est-ce que tu as ?

Elle a relevé la tête.

— C'est... c'est ce feu qui ne veut pas prendre !

— Attends donc, je vais voir ça !

— Vrai ? Que tu es gentille ! Ne te salis pas, au moins.

Elle s'écarte, je farfouille dans le poêle, et j'en retire des papiers, des papiers...

— Mais tu en as mis beaucoup trop, ma pauvre maman !

— Tu penses ? Je... j'avais pourtant fait attention, cette fois-ci !

Je n'ai pas répondu, mais c'est toujours la même chose ; maman étouffe tout avec ses papiers, et j'ai beau le lui dire, elle recommence. Enfin, j'ai tout enlevé, ou presque tout, et, en cinq minutes, ça flambait, il fallait voir ! Maman s'est mouchée très fort.

— Merci, ma Liline... Mais, oh, quelle saleté, avec cet affreux charbon !... Et le ménage... mon Dieu, j'en ai perdu du temps !

— Eh bien, on va t'aider !

J'appelle Estelle et Riquet qui avaient fini de se laver, et on s'y est mis tous les quatre, maman balayant, Riquet astiquant, Estelle époussetant (elle ne boudait plus) et moi frottant. Au bout d'une demi-heure, on était rouges comme des coqs, mais tout était rangé, et, juste comme je faisais revenir les saucisses aux pommes de terre :

— Voilà papa ! a chuchoté maman, j'entends son pas dans l'escalier !

Vite, elle a couru se mettre un peu de poudre, en nous recommandant de ne pas lui raconter qu'elle avait pleuré, de peur qu'il ne se moque d'elle.

Et voilà. Les saucisses étaient très bonnes et l'après-midi, comme il ne pleuvait plus, on a été au square Saint-Pierre... Oh, et mes deux problèmes pour demain que j'oubliais de faire... Heureusement qu'ils sont très faciles !

Lundi 23 février.

Le logement du rez-de-chaussée est loué, Mme Misère vient de le dire à maman. Le nouveau locataire s'appelle M. Copernic ou quelque chose comme ça. Il va arriver la semaine prochaine. Oh, je sais tout : il est violoniste dans un restaurant, rue des Dames. Avant, il habitait près du Luxembourg, mais ça lui revenait trop cher, avec les autobus, et c'est pour ça qu'il a déménagé. Il est vieux.

J'ai eu 5 à mes problèmes que je trouvais si faciles, et 10 en couture, pour ma boutonnière ; Mlle Délice a dit qu'elle était parfaite.

Mercredi 25 février.

À table, je suis assise entre maman et Estelle, et après, c'est Riquet, et après, papa. La toile cirée est neuve ; blanche, avec des ronds bleus. Les assiettes, les verres, c'est comme chez tout le monde, mais on a une salière très drôle : un poussin jaune qui verse du sel par son bec. Riquet lui a cassé la queue.

En face de moi, pendant que je mange, je vois la cheminée avec, dessus, la boîte en coquillages où il y a écrit « Le Havre », le vase bleu, la pendule, une photo de maman petite, une autre de tante Charlotte et de l'oncle Émile avec tous leurs enfants grimpés sur un banc.

La pendule marque six heures moins dix depuis je ne sais pas quand. De temps en temps, papa dit : « Il faudrait se décider à porter cette pendule chez l'horloger, Minette. » Maman répond : « Oui, Fernand, bien sûr », et ça s'arrête là.

Heureusement, parce que, moi, je les aime, les six heures moins dix, et je voudrais que jamais, jamais rien ne change à la maison, même ce qui n'est pas bien. C'est si agréable de tout retrouver toujours pareil !

Jeudi 26 février.

Oh, cette femme… quelle voleuse !… Et Violette qui restait là, sans rien dire ! Mais que je raconte vite.

J'étais descendue acheter une laitue sur l'avenue quand je rencontre Violette qui allait chercher un chou avec, à la main, le porte-monnaie rouge de maman Petiot. On fait la route ensemble, et je me rappelle tout à coup que j'ai dans mon sac *Le Lièvre et la Tortue*, qu'elle m'avait demandé de lui copier pour la leçon de demain. Je le lui donne et, comme elle n'avait pas de poche, elle met le papier dans son porte-monnaie, avec l'argent.

À ce moment-là, on arrive aux petites voitures ; il y avait un monde fou, et j'étais en train de faire la queue pour la salade quand Violette, qui choisissait son chou, devient toute pâle.

— Mon… mon porte-monnaie !

— Quoi ? Où est-il ?

— Je… je l'avais posé sur la voiture, une seconde, pour tâter le chou et… il n'y est plus.

Je cherche à mon tour, sans plus de succès.

— Quelle idée d'aller le fourrer là, ma pauvre fille ! s'écrie la marchande ; bien sûr, on te l'a volé !… Il y avait beaucoup d'argent, dedans ?

— Une pièce de cinq francs ! gémit Violette, et elle fond en larmes.

— Ça va, lui dis-je, tu pleureras après ! Il ne doit pas être bien loin, ton voleur, et si jamais il tient le porte-monnaie à la main, on le verra bien : il n'y a pas tant de porte-monnaie rouges !

Nous courons à droite, à gauche, en bousculant les gens qui grognent ; mais comment retrouver quelqu'un dans cette foule ? Et puis, quand même, un porte-monnaie, ça se cache facilement !

— Oh, sanglote Violette, qu'est-ce que maman va dire ? Jamais je n'oserai rentrer à la maison !

Elle m'agaçait, avec ses jérémiades ! Je la secoue.

— Écoute, j'ai une idée : allons vite au commissariat de la rue Buffaut déposer une plainte ; c'est ce qu'on fait quand on a perdu quelque chose.

Nous voici parties le long de l'avenue, Violette pleurant, moi la tirant, quand, brusquement, elle pousse un cri.

— La dame... là... elle vient de mettre le porte-monnaie dans sa poche. Oh, je l'ai vue !

Elle montre du doigt une petite dame en blouse grise qui paraît flâner, son filet au bras.

— Tu es sûre ?

— Oui, oui !... Oh, comment faire ?

— Eh, rattrape-la, dis-lui que le porte-monnaie est à toi !... Cours-y vite, elle va traverser !

Violette me lance un regard éperdu, hésite... et trottine derrière la dame qu'elle tire timidement par la manche.

— Quoi donc ? fait la femme.

— Euh, pardon, madame, est-ce que vous croyez... est-ce que vous êtes certaine que... le porte-monnaie qui est dans votre poche... est à vous ?

La dame hausse les épaules.

— Naturellement, petite sotte... de quoi te mêles-tu ?

Et elle s'éloigne d'un air outré, pendant que Violette me rejoint, toute penaude.

— Tu l'as entendue ?

Mais je la repousse, sans lui répondre, et je cours après la dame.

— Madame !

— Quoi encore ? Avez-vous fini ?

Mais je répète : « Madame ! Madame ! » en criant si fort que les gens commencent à s'attrouper autour de nous, et j'ajoute d'une voix claironnante :

— Rendez-moi le porte-monnaie que vous avez volé à mon amie !

— Vo… lé ? hurle la dame ; oh, c'est honteux de mentir comme ça ! Voulez-vous bien me laisser tranquille, mal élevée !

Elle me bouscule pour partir, mais se heurte à un cercle de gens qui nous serrent de près ; la marchande de salades s'est faufilée au premier rang, les poings sur les hanches.

— La petite ne ment pas, réplique-t-elle ; c'est vrai qu'on le leur a chipé, leur porte-monnaie !… Et, pour tout arranger, montrez-nous donc le vôtre, on verra bien !

— Eh, le voilà ! crie la femme en sortant de sa poche droite un petit portefeuille noir.

Mais je m'élance.

— La poche gauche ! La poche gauche !

La dame me regarde comme si elle voulait me mordre et, d'un geste rageur, sort enfin le porte-monnaie rouge.

— Mon porte-monnaie ! hurle Violette.

— Comment, comment ? crie l'autre, mais il est à moi ! Et c'est vous qui êtes une voleuse !

Quel toupet ! Les gens hochent la tête.

— Après tout, murmure un monsieur, c'est peut-être le sien : qu'est-ce qui nous prouve le contraire ?

Violette gémit, mais j'interviens :

— Qu'est-ce qui le prouve ? Vous allez voir ! Si le porte-monnaie est à vous, madame, dites-nous donc un peu ce qu'il y a dedans ?

— Mais… balbutie la femme qui est devenue écarlate, de l'argent… quelques pièces de monnaie !

— Vraiment ? Et quoi encore ?

— Euh… ça ne vous regarde pas !

— Eh bien, moi, je vais vous dire ce qu'il y a dedans : il y a, non pas quelques pièces de monnaie, mais une grosse pièce de cinq francs, avec, en plus, la fable du *Lièvre et la Tortue* que j'ai copiée ce matin pour mon amie !… Allons, ouvrez-le, ce porte-monnaie, pour qu'on voie !

La dame crie, se débat, veut partir, mais les gens la tiennent bien ; bon gré mal gré, il faut qu'elle s'exécute, et que trouve-t-on dans le porte-monnaie ? Les cinq francs et la fable !

— Voleuse ! hurle la foule, appelons vite un agent !

Mais, déjà, Violette a repris son bien et je l'entraîne.

— Bah, dis-je, laissez-la donc, du moment que nous avons le porte-monnaie !

Et voilà. Quand maman Petiot a su l'histoire, elle en a poussé des cris !

— En tout cas, a-t-elle déclaré, tu es drôlement plus débrouillarde, Liline, que ma pauvre gourdiflotte !

— Peut-être, ai-je dit, mais Violette a été neuvième en histoire et moi dix-neuvième, ça compense !

J'étais tout de même très fière.

Jeudi soir.

Quand je lui ai raconté ça, Estelle a haussé les épaules.

— Elle est vraiment trop bête, ta Violette ! a-t-elle déclaré d'un drôle de ton.

Je crois qu'au fond, elle est un peu jalouse. C'est comme l'autre jour, quand je voulais savoir si ma raie était bien faite.

— Va le demander à ta chérie, m'a-t-elle répondu.

« Ma chérie » ! Est-ce de ma faute si elle n'a pas d'amie de cœur, elle ? Eh, qu'elle s'en fasse, et qu'elle laisse la mienne tranquille !... Je reconnais d'ailleurs que Violette est si sage que c'en est quelquefois énervant ; mais elle est si douce, aussi. Et puis, ce n'est pas chez elle, il faut le dire, qu'elle peut apprendre à se « débrouiller » : dès qu'elle touche à une casserole, sa mère se précipite : « Eh, gourdiflotte, comment t'y prends-tu ? Tiens, laisse-moi faire, ça ira plus vite ! » ; et quand elle a voulu lui apprendre à tricoter, Violette n'avait pas fait dix mailles qu'elle lui arrachait l'ouvrage des mains, tellement elle s'impatientait de la voir tâtonner. Alors, forcément, Violette est maladroite comme tout ! Pourtant, avec Nono par exemple, elle sait bien s'y prendre pour le changer, pour l'endormir ; et quelle patience elle a avec Armand qui l'ennuie tout le temps !... Non, je trouve que maman Petiot est injuste envers elle, et c'est pour ça que je ne manque jamais de la défendre. D'ailleurs, elle est mon amie.

Samedi 28 février.

Ce soir, après les devoirs, on a écrit à tante Mimi pour sa fête (la Sainte-Marguerite). Une vraie corvée, il faut l'avouer, parce qu'on ne la voit presque jamais, cette tante Mimi ; alors, on ne sait pas quoi lui dire. Elle habite Le Havre où son mari, l'oncle Henri, qui est mort il y a trois ans, était employé à la Compagnie du Gaz, même que tante Mimi en est très fière. On est allés les voir quatre fois, au Havre ; on s'amusait, on faisait des trous sur la plage, on pataugeait dans les vagues. La mer, c'est joli, c'est grand ; le seul ennui, c'est que ça ait si mauvais goût ; moi, je n'aimais pas me baigner à cause de ça. On couchait dans une drôle de petite chambre qui sentait le poisson et qui était pleine de filets et, de temps en temps, l'oncle Henri nous emmenait pêcher la crevette.

L'oncle Henri était le frère aîné de maman, et maman l'aimait beaucoup parce qu'il avait été très bon pour elle quand elle était petite ; oh ! c'est toute une histoire, presque comme dans les films : voilà que maman avait sept ans et l'oncle Henri quinze quand, tout d'un coup, leurs parents n'ont plus eu d'argent ; alors ils ont décidé de s'en aller à Pernambouco, au Brésil de l'Amérique du Sud, où ils avaient un ami, M. Calumet, qui récoltait du café. Et ils sont partis. Maman se rappelle très bien le voyage, et surtout un grand matelot à la barbe rouge dont le chien se nommait Couteau, et ce Couteau avait pris la poupée de maman et l'avait fait rouler dans la mer en jouant avec. Maman avait beaucoup pleuré, et voilà, en arrivant, un autre malheur : son père et sa mère tombent malades et, brusquement, ils sont morts. Alors, l'oncle Henri a été dans une ambassade où il paraît qu'on s'occupe de ça, et il a demandé où habitait M. Calumet. Mais personne ne connaissait M. Calumet. « Revenez demain », lui a dit un employé. Maman se rappelle quand ils sont sortis de l'ambassade : l'oncle Henri lui tenait la main et ils ont été manger des gâteaux chez un pâtissier ; ensuite, comme ils n'avaient plus qu'un sou, ils ont passé la nuit dehors, sur le port, au milieu de gros sacs qui sentaient la vanille ; il faisait chaud et les étoiles brillaient tant qu'ils ne pouvaient pas s'endormir. Mais le lendemain, quand ils sont retournés à l'ambassade, personne ne connaissait encore M. Calumet. Alors l'oncle Henri a tout raconté, et l'employé a dit qu'on allait les « rapatrier ». En attendant, ils sont restés chez la femme de l'employé, une dame énorme, toute moustachue : ils mangeaient des glaces, des tas de fruits confits, et la dame les a photographiés (c'est la photo qui est sur la cheminée de la salle à manger). Et après, c'est fini ; ils sont repartis sur la mer jusqu'au Havre où ils sont restés, faute d'argent pour aller plus loin. L'oncle Henri est entré tout de suite à la Compagnie du Gaz et maman a été à l'école. Ils habitaient un petit logement de deux pièces qui donnait sur un square, et c'était l'oncle Henri qui préparait la cuisine et qui faisait réciter ses leçons à maman. Et avec son premier salaire, devinez ce qu'il lui a acheté ? Une poupée, pour remplacer celle du bateau : c'était gentil, ça !... Plus tard, il a épousé tante Mimi et maman a épousé papa ; alors, forcément, ils se sont moins vus, puisque maman habitait Paris. D'ailleurs, il faut dire que tante Mimi est un peu moins agréable que n'était l'oncle Henri. Oh, elle nous faisait des bons plats quand on allait chez elle, surtout les soufflés à la crème ; mais elle était vexée quand on ne mangeait pas de tout, et elle avait une manière de dire à maman : « Vois donc, Minette, Aline a un trou à sa chaussette, depuis ce matin », qui faisait que maman se sentait toute honteuse.

Enfin, voilà, on lui a écrit. Estelle a dit ses places de composition, et moi, j'ai mieux aimé raconter la loterie. Quant à Riquet, il a mis :

Machair tanteumimi,
Je tesou etun bone feté je t'anvoua ma considercion la plusd'ys seutingué.
Dupin Riquet.

Estelle s'est moquée de lui, mais maman a trouvé que c'était très bien.

Je dois dire qu'en plus de tante Mimi, nous avons tante Charlotte. C'était l'amie de cœur de maman, au Havre, et elle a épousé l'oncle Émile, le frère de papa. L'oncle Émile est chauffeur dans un car qui va tout le temps de Toulon à je ne sais pas où, et ils ont quatre enfants : Yves, Alain, Marie-Claire et Marie-Claude, rien que des jolis noms. Maman a leur photo sur la cheminée, mais à part ça, je ne les connais pas, parce que le voyage coûte tellement cher pour aller chez eux, au Brusc, que c'est comme s'ils habitaient l'Afrique. C'est comme ça, la famille, on ne la voit jamais : les vrais amis, ce sont les voisins.

MARDI 2 MARS.

Le nouveau locataire a emménagé ce matin ; ah, il en avait des choses ! Quand on est rentrés de l'école, à onze heures et demie, avec Violette et Armand, on ne savait plus où marcher, tant c'était plein de paille partout. Riquet a essayé de se rouler dedans, mais Mme Misère, qui nettoyait le vestibule, l'a relevé d'un bon coup de balai :

— Veux-tu bien partir, galopin !... Et vous aussi, les autres... Vous ne trouvez pas que j'ai assez à faire, misère ?

Mais, juste alors, le facteur l'a appelée et on en a profité pour se faufiler chez le monsieur. On fait un pas, deux pas... personne : rien que des caisses, des chaises, des livres, des casseroles, un fouillis qui monte jusqu'au plafond. On avance encore et soudain, pang !... Estelle reçoit sur la figure une espèce de gros cahier, en même temps qu'une voix plaintive gémit derrière les meubles :

– Oh, là, là, là, là, là !

Et nous nous trouvons nez à nez avec un vieux monsieur, assis tout seul au milieu de la pièce. Il est petit, maigre, vêtu de noir, avec une barbiche blanche toute frisée, des joues roses, et il feuillette en répétant ses « Oh, là là ! » une pile de cahiers posés devant lui, sur une table rouge. Chaque fois qu'il en a fini un, il le lance à la volée par-dessus les caisses ; les feuilles s'éparpillent dans toute la chambre. Et puis, tout à coup, il pousse un grand cri qui nous fait sauter en l'air :

– Le voilà, le voilà, je savais bien que je l'avais rangé !

Et, brandissant un des cahiers, il se met à chanter doucement :

– *Zim laï tra lala, zim laï tra lala, et laï laire, et laï la !* Hein, les enfants, écoutez ça !... (il se penche vers Violette). *Et laï laire, laï la !*

– Oui, oui, monsieur, bien sûr, bafouille Violette, éperdue.

Le monsieur éclate de rire, tout à fait comme une chèvre, bien que, par ailleurs, il ressemble plutôt à un mouton.

— Dis-moi, ma petite, est-ce que tu sais qui est Schumann ?

— Schumann ? fait Violette.

Et là, elle a eu tellement peur qu'elle s'est sauvée, et nous tous à sa suite, pouffant de rire !

Mais je le trouve gentil, ce vieux monsieur ! Ce n'est pas l'avis de Mme Misère, qui dit qu'il ne fait pas « sérieux ».

— Vous avez peut-être raison, a répondu Mlle Noémie, et tout le monde a dit comme elle.

Pauvre M. Copernic, c'était pourtant joli, cet air qu'il chantait !... Et il est entendu, naturellement, que personne ne lui soufflera mot de la fête de maman Petiot, qui doit avoir lieu le dimanche en huit (elle s'appelle Mathilde). C'est que c'est une vraie fête, comme on n'en voit pas deux pareilles dans le quartier : on se réunit tous sur notre palier, et on entre à la queue leu leu chez les Petiot, chacun avec son cadeau, sauf les Fantout, bien sûr, à qui personne ne parle jamais. Violette a déjà commencé une écharpe vert et jaune, et Armand va faire un dessin, il ne sait pas encore lequel ;

Mlle Noémie brodera un col et grand-mère Pluche fera un gâteau, peut-être à la vanille, a dit Gabriel.

Et nous ? Eh bien, on verra. Pour le moment, maman s'occupe de nos toilettes : Riquet pourra mettre son costume gris, mais, à Estelle et à moi, il faudrait des robes neuves, à Estelle surtout, qui a tant grandi que sa bleue du dimanche lui craque de partout.

— Je prendrai du lainage, a dit maman pendant le dîner, quelque chose de pratique, dans les marron, qu'elles pourront finir pour tous les jours.

Papa a dit oui, on a battu des mains, et maman était si contente qu'elle lui a sauté au cou comme une petite fille. Alors papa lui a dit de s'acheter aussi de l'étoffe pour elle, plutôt que de remettre sa vieille robe beige. Mais elle a dit que non, que sa robe n'était pas vieille du tout, et que tout son plaisir était de nous voir belles. Comme elle est gentille… Oh, vive la Sainte-Mathilde !

Mercredi 3 mars.

Maman n'est rentrée qu'à une heure des magasins. Elle est arrivée, tout essoufflée, toute joyeuse, et elle riait, elle riait.

— Vous allez voir comme c'est bien ! répétait-elle en cassant les ficelles.

Oh, quelle merveille ! Ce n'est pas marron du tout, mais vert pâle, avec des petites raies blanches, un peu comme sur le corsage de Mlle Délice, et d'un doux quand on caresse !... Maman nous regardait, les yeux brillants de joie.

— Qu'est-ce que tu en dis, Fernand ? Elles ne seront pas jolies, tes filles, avec ça ?

— Si, si, a fait timidement papa... mais il me semble que c'est plutôt de la soie, et tu avais parlé d'un lainage pratique ?...

Pauvre maman, elle est devenue toute rouge, et elle s'est mise à expliquer comme le magasin était beau, avec ses dentelles, avec ses fleurs, avec ses soieries pleines de reflets ! À côté de toutes ces gaies couleurs, les tissus de laine paraissaient si tristes. Elle a passé une heure à courir d'un rayon à l'autre, sans pouvoir se décider à choisir et, finalement, elle a pris ça : « 9,40 francs le mètre, c'est peut-être un peu cher, mais il faut bien les gâter un peu, ces pauvres petites... et puisque je n'ai rien acheté pour moi ! »

Papa s'est mis à rire.

— Elles sont si malheureuses !... Mais ne te défends pas va, Minette, du moment que ça te fait plaisir !...

Alors, nous l'avons bien embrassé, et, quand nous sommes rentrées à quatre heures, maman était déjà en train de tailler les robes, sur le modèle de nos bleues. C'est même moi qui ai épluché les légumes pour la soupe, parce qu'elle avait peur de se salir les mains.

Avec tout ça, je ne parle plus jamais de l'école. J'ai eu 7 en géographie. Tiennette Jacquot m'a donné un berlingot à la groseille, très bon. À la récréation, Carmen Fantout a déchiré sa robe et elle a dit que c'était Violette, mais ce n'est pas vrai ; d'ailleurs, pour ce qu'elle était chic, cette robe, toute verte, avec tant de fronces à la taille que Carmen avait l'air d'un gros chou, et je chantais en lui faisant la nique :

Savez-vous planter les choux,
À la mode, à la mode,
La mode de Carmen Fantout !

— C'est pour moi que tu dis ça ?

— Non, mademoiselle, c'est pour les nuages !

C'est là qu'elle a couru après moi et qu'elle a accroché sa robe dans un arbre. Violette n'y est pour rien, mais c'est comme ça toujours, avec cette grosse-là !

Et puis, et puis... vendredi, composition de récitation : onze poésies à repasser, oui, onze, et juste au moment des robes neuves et de la fête et de tout le tralalaire qui se passe dans la maison ! Et Jacqueline Mouche est malade, elle a une bronchite, à point, il faut dire, avant la composition !... Il paraît qu'on n'a pas mal du tout, on tousse seulement et on reste chez soi. Jacqueline, sa mère lui a acheté le puzzle qu'on regardait toujours chez le papetier de l'avenue. Il y en a, tout de même, qui ont de la chance !... À midi, en descendant chercher du café, j'ai rencontré M. Copernic. Il m'a fait un petit salut très gai et j'ai dit : « Bonjour, monsieur ! »

Allons, je repasse mes fables.

Mercredi soir.

Nous avons une nouvelle petite cousine, au Brusc de tante Lotte ; elle est née le 1er mars et elle s'appelle Annette, un joli nom, mais j'aurais mieux aimé Geneviève. Il paraît qu'elle ressemble à papa.

Jeudi 4 mars.

Quelle nuit !... Voilà que je dormais, quand j'entends tout à coup un tintamarre... Ah, bien autre chose que le ti-toum ! Je me dresse, j'écoute : une vraie musique, comme pour la danse, et ça allait vite, et ça chantait fort ! Je saute du lit, par-dessus Estelle qui grogne sans ouvrir l'œil (elle a un bon sommeil, celle-là !), et je cours à la fenêtre ; mais, juste comme j'allais ouvrir, maman arrive, encore habillée :

— Veux-tu bien te recoucher, Liline !

— Mais, maman, tu n'entends donc pas, dans la cour ? Quelle heure est-il ?

— Minuit et demi... je bâtissais vos robes... Oh mais, oh mais, pas de doute... c'est le violoniste ! Attends, je vais voir !

— Moi aussi, maman ! crie Riquet, de la salle à manger.

Dans l'escalier, nous nous heurtons à maman Petiot, enveloppée dans un vieux manteau d'où dépasse sa chemise de nuit.

— J'allais chez vous, dit-elle ; hein, croyez-vous ce toupet, à une heure pareille ? Il finira par réveiller tous les enfants ! Mais Victor va descendre pour le faire taire !

— Euh !... est-ce bien utile ? fait le doux M. Petiot qui achève de mettre ses pantoufles.

— Si c'est utile ? Peureux ! Eh bien, je t'accompagne !

Nous voilà partis derrière lui, avec Armand qui me faisait rire, mais rire !... Et qui trouvons-nous en bas ? Mlle Noémie, en bigoudis sous son bonnet de dentelle, et le gros M. Fantout qui tambourinaient tant qu'ils pouvaient à la porte de la loge, au milieu des aboiements du chien Mitaine.

— Je n'ai jamais vu ça, bougonnait l'épicier ; et cette concierge qui ne se réveille pas !

— Attendez, fait maman Petiot.

Elle tape si fort que Misère sort enfin, en camisole : qu'y a-t-il donc, qu'on l'excuse, c'est ce coton qu'elle se met dans les oreilles !... Mais, quand on lui a expliqué la chose, elle a pris un air, un air...

— Hein ! qu'est-ce que je vous disais ? Oh, j'ai du flair, et nous n'en avons pas fini, misère, avec cet homme-là !

— Alors, on y va ?

— Évidemment !

Au premier coup, M. Copernic ouvre la porte toute grande. Il faut avouer que nous devions former une drôle de procession, tous fagotés comme nous l'étions, et Mme Misère en tête, avec son air digne et son jupon court.

– Ce qu'il va rire, le violoniste ! me souffle Armand à l'oreille.

Mais pas du tout ; il nous a fait son salut le plus joyeux.

– Par exemple, la bonne surprise !... Entrez donc, entrez donc, vous arrivez à point !

Et il s'affairait déjà pour nous chercher des chaises.

– Monsieur, a déclaré Mme Misère d'une voix sévère, nous n'avons que faire de vos surprises ni de vos chaises ; vous êtes ici dans une maison bien habitée (« Parfait », a murmuré M. Fantout) et je vous rappelle les règlements : pas de musique après dix heures du soir. C'est tout ce que nous avons à vous dire.

M. Copernic a pris un air si effaré que j'en avais pitié pour lui ; mais je n'ai rien osé dire, et nous l'avons laissé là, son violon à la main, triste comme un enfant puni.

Après, tout le monde a été d'accord pour trouver que Mme Misère avait été « très bien », et qu'il ne fallait plus saluer le pauvre violoniste : « Pas plus que si c'était un fantôme », a dit Mlle Noémie en secouant ses bigoudis. Eh bien… on verra ça !…

Vendredi 5 mars.

À l'école, une que je ne peux pas souffrir, c'est Marie Collinet. D'abord, elle s'applique trop, ça finit par vous agacer ; et puis, elle a une manière de vous regarder en dessous qui ne me plaît pas du tout. Et pour ce qui est de souffler et tout le reste, ah bien, elle a trop peur de se faire punir ! Elle a peur aussi de courir. Elle a peur aussi d'user ses cahiers. Elle a peur aussi de prêter ses affaires. Enfin, elle a peur de tout, et moi, ça m'agace quand je la vois pleurnicher, avec sa figure pointue et ses petites nattes tortillées. Alors, voilà que ce matin, au dessin, on avait à faire la campagne ; j'étais en train de dessiner un oiseau quand Marie me demande tout bas de lui passer mes crayons de couleur.

– Mes crayons ? Ah ça, non, ma vieille ; pour ce que tu prêtes les tiens, toi !… Et où est-elle donc, ta boîte ?

– On me l'a prise.

– Eh bien, tant pis !

– Oh, Aline !…

Et elle secoue ses petites nattes.

— Il n'y a pas d'Aline, laisse-moi travailler !

— Oh Al...

— Flûte !

Mais j'avais crié si fort que, vlan ! deux mauvais points, et autant pour Marie. J'étais furieuse, et Marie, elle, la voilà qui pleure tout bas, et qui renifle, renifle... comme ça jusqu'à la fin. Et après, quand elle remet son dessin, il était noir, entièrement noir.

— Mais on n'y voit rien ! dit la maîtresse.

Marie baisse le nez.

— C'est parce que c'est la nuit... alors forcément, il fait noir et... et...

— Et tu avais oublié tes crayons de couleur, hein la malice ?... C'est bon, cela te fera deux mauvais points en plus !

Là-dessus, Marie a fondu en larmes et, à la récréation, elle est allée se cacher tout au fond de la cour, derrière la fontaine.

— C'est de ta faute, m'a dit Violette, tu aurais dû lui prêter ta boîte !

— Et quoi encore ? Elle est si gentille !

— Aline a raison ! Aline a raison ! ont crié les autres ; et puis est-ce qu'on sait ce que cette avare de Marie en a fait, de ses crayons ?

Mais voici qu'arrive Irène Hurpin (une grosse rousse qui est avec Estelle), et elle se met à nous raconter que c'est vrai, qu'on la lui a bien prise à Marie, sa boîte de couleurs. Elle s'était arrêtée chez Fantout pour acheter des lentilles et, pendant que M. Fantout la servait, on a dû la lui chiper dans son sac. C'est son frère Augustin qui l'a raconté au cousin d'Irène. Il paraît que, quand Mme Collinet a su la chose, elle a donné à Marie une telle volée qu'on l'entendait crier de la rue. Et on ne lui a pas racheté de crayons, pour la punir.

— Oh, ai-je dit, comme elle est sévère, sa mère !

Irène a expliqué : ce n'est pas sa mère ; sa vraie mère, elle est morte il y a deux ans, et, à ce moment-là, Marie habitait Nice. Et puis après, son père a perdu sa place et, comme il voulait venir à Paris, il a dû faire tout le chemin à pied, faute d'argent. Oui, pendant deux mois, Marie n'a pas une seule fois dormi dans un lit, la veinarde, mais dehors, à la belle étoile, et même, un soir, dans un pommier !... Et quand elle est arrivée à Paris, elle était tellement maigre que les gens l'appelaient

« l'allumette ». Et puis après, son père a trouvé du travail et il s'est remarié avec une veuve qui avait trois garçons : Augustin et deux autres dont Irène ne sait pas les noms. Et Mme Collinet aime beaucoup ses garçons, mais elle n'aime pas tant Marie, elle se fâche tout le temps après elle pour des riens ; alors, forcément, quand c'est pour quelque chose...

— Mais, avons-nous crié, Marie a donc une méchante belle-mère ? Oh ! c'est passionnant, absolument comme dans les contes ! Pauvre Marie ! Pauvre Marie !

Et nous voilà toutes courant à la fontaine et nous précipitant sur elle.

L'une la tiraille à droite, l'autre la tiraille à gauche, et moi, je lui saute au cou. Elle recule la tête, je l'embrasse de force.

— Marie, je ne savais pas !... Pouah, c'est salé, tu pleures encore ? Dis, dis, tu es bien malheureuse à la maison ?

— Qui est-ce qui t'a raconté ça ? fait Marie d'un air méfiant.

— Irène Hurpin ! Et c'est vrai que tu as dormi dans un pommier ? Et c'est vrai que ta belle-mère t'a battue pour la boîte ?

Marie, collée au mur, mordille son mouchoir sans répondre.

— Oh, crie Violette qui sanglote presque, avec quoi est-ce qu'elle te bat ? Avec un martinet ?

— Moi, dis-je, je ne me laisserais pas faire ! Je prendrais des pincettes et, quand elle approcherait, pan... en plein dans la figure !

— Bravo, font les autres, très bien ! Tu l'entends, ma pauvre Marie ?

— Laissez-moi, murmura Marie qui est toute blanche, laissez-moi partir, à la fin. Pourquoi me parlez-vous de tout ça ?

— Attends !

Je cours chercher dans mon cartable ma boîte de crayons de couleur. Ah ! j'étais contente, je me sentais si bonne.

— Tiens, elle est à toi, je te la donne !

— Oui, oui, s'écrie Tiennette Jacquot, et voilà aussi les deux réglisses qui me restent de mon paquet !

— Et ma gomme neuve ! fait Lulu Taupin.

En une seconde, Marie a eu les bras remplis de choses ; chacune fouillait dans ses poches, et Violette, qui ne trouvait rien, lui a lancé le ruban de ses cheveux. Quant à Carmen Fantout, elle a donné un sou qu'elle a sorti d'un beau porte-monnaie vert... Un sou!... Quelle grossièreté!... Mais j'ai été maligne, j'ai attrapé le porte-monnaie.

— Tu lui en fais cadeau? C'est bien, Carmen!

— Non, non, le sou seulement!

Mais, déjà, j'avais jeté le porte-monnaie avec le reste; Marie l'a reçu sur le nez.

— Hein, lui disions-nous, nous sommes gentilles? Tu vas tout nous raconter, maintenant!

Elle nous regarde, d'un air égaré.

— Je ne dirai rien, je ne veux ricn dire... Ça... ça ne vous regarde pas, et les voilà, vos cadeaux!

Là-dessus, elle lance tout par terre d'un seul coup et fonce sur la grosse Carmen avec une telle force qu'elle l'envoie dinguer sur le robinet de la fontaine. L'instant d'après, elle avait disparu dans le préau et nous n'avons plus eu qu'à ramasser nos affaires: mes crayons étaient tous cassés et... et...

Oh! la petite peste!... ça m'apprendra à avoir bon cœur!

Quand j'ai raconté ça à Estelle, pendant qu'on goûtait, elle m'a demandé:

— Ellc est combien dans les compositions, ta Marie?

— Euh, quinzième, vingtième...

— Tu vois bien ! Elle n'a aucun intérêt.

Drôle de manière de juger les gens, mais, pour une fois, elle a raison !

Après le goûter, maman nous a essayé nos robes : elles sont d'un chic… froncées aux manches, avec une jupe en forme, un décolleté rond, l'ouverture dans le dos ; et maman est retournée ce matin aux magasins pour acheter des petits cols de dentelle et des ceintures. Oh, je suis contente… C'est bâti seulement, mais, déjà, on se rend compte, et Estelle, là-dedans, a l'air d'une vraie jeune fille ; elle s'est regardée au moins dix fois dans la glace, et il faut avouer que cette couleur vert pâle lui va plutôt mieux qu'à moi, avec ses beaux cheveux blonds et sa jolie figure !… Malheureusement, nos manches ne tombent pas très bien, elles tirent. Maman a essayé de les arranger, mais c'était encore pis qu'avant.

— Oh, a-t-elle dit, je me suis pourtant donné du mal ! Mais voilà, je ne suis pas couturière, et les manches, c'est délicat.

Pauvre maman ; j'ai répondu que ça ne faisait rien, que c'était joli quand même.

— Parle pour toi ! m'a lancé Estelle.

Et de grogner que ça la gênait, que ça agrandissait son décolleté, que, maintenant, on voyait ses salières.

– Mais tu n'en as pas, grosse bête !

– Si, j'en ai, regarde, là... là...

Et elle pleurnichait. Finalement, maman s'est décidée à descendre avec nous demander conseil à Mlle Noémie. Mlle Noémie a d'abord pris un air pincé, en laissant entendre qu'elle « travaillait dans le neuf et pas dans les arrangements », tout ça parce qu'elle était vexée qu'on ne lui ait pas fait faire les robes ; mais maman lui a tant répété que, la prochaine fois, elle s'adresserait à elle qui était si habile et tout et tout, qu'à la fin, elle a accepté de recoudre les manches.

– Seulement, a-t-elle dit, c'est bien pour vous que je le fais, madame Dupin, à titre de bon voisinage.

– Merci, a répondu maman, et, naturellement, vous me direz votre prix.

– Vous voulez rire, pour si peu de chose ?

Et c'est vrai qu'en cinq sec, tout a été remis d'aplomb. Estelle était ravie, d'autant plus que Mlle Noémie lui a fait un tas de compliments : qu'elle était si fine, si distinguée, « racée », pour ainsi dire. Et elle s'est mise à nous raconter l'histoire de gens appelés Legrand du Pin, qui avaient émigré en Amérique pendant la Révolution et qui avaient vécu là-bas dans une ferme, comme des paysans.

— Mais, a-t-elle ajouté, en signe de leur haute naissance, ils prenaient soin d'imprimer les armes de leur famille sur chaque motte de beurre qu'ils fabriquaient. Dupin… Legrand du Pin, eh, sait-on jamais ? Pourquoi votre mari n'en descendrait-il pas, madame Dupin ? C'est une idée qui me tracasse depuis que j'ai lu cette histoire dans le *Journal de la Mode*. Et puis, quand on voit votre Estelle !…

Cette bêtasse d'Estelle était rouge d'orgueil, mais, maman et moi, nous avions envie de rire !

— Bah, s'est écriée maman, je n'ai pas la moindre envie de descendre de ces gens-là, moi !… Qu'est-ce que vous voudriez que j'en fasse, de leur Legrand ?

— Bon, bon, a répondu Mlle Noémie d'un ton sec, à votre aise, madame Dupin, et… et, tout réfléchi, vous savez, pour les manches, ce sera quatre francs !…

Maman riait encore en le racontant à papa. Quant à Estelle, elle commençait à prendre des airs, mais nous avons vite arrêté ça, avec Riquet, en l'appelant « Mademoiselle Legrand du Pain rassis » et en chantant « Legrand Dadais » sur tous les tons, si bien qu'elle n'a plus osé continuer.

Et avec ça, j'ai une révision pour lundi : tous les fleuves d'Europe avec leurs affluents et les villes qu'ils arrosent, et justement, je ne sais pas un mot de ceux du milieu, Danube et compagnie ! À vrai dire, je ne sais à peu près bien que ceux de l'Italie, qui sont tout petits, et encore il ne faudrait pas trop me pousser là-dessus... Non, tout de même, ils ont raison, les gens qui parlent du « surmenage scolaire ».

Si je pouvais au moins tomber un petit peu malade. Tout à l'heure, j'ai eu un espoir : il me semblait que ça me gênait pour avaler. Mais Estelle a regardé ma gorge et elle n'a rien vu.

– Ça t'ennuie, hein ? m'a-t-elle demandé.

J'ai répondu non, mais bien sûr que si.

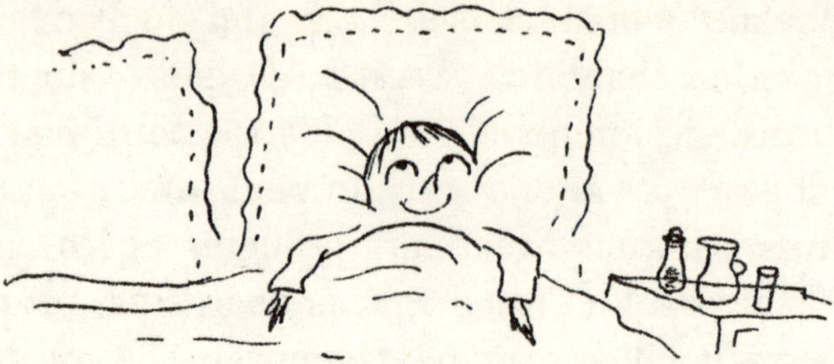

DIMANCHE 7 MARS.

Ça y est, je suis malade !

Quand je me suis réveillée, ce matin, et que j'ai senti que ça me faisait vraiment mal pour avaler, j'ai eu un plaisir ! C'est vrai, j'y avais presque renoncé, depuis hier, et voilà que tout à coup !... J'ai secoué Estelle.

— Dis-moi vite si j'ai du blanc.

Mais elle a grogné, comme toujours, et elle a remonté son drap sur sa tête. Alors, j'ai ravalé encore pour être tout à fait sûre, et j'ai été tout à fait sûre. Aussitôt, je me suis inventé une chanson :

J'ai bien mal à la gorge
Et blanc et blanc, petit patablanc,

J'ai bien mal à la gorge,
Je reste à la maison, son son,
Je reste à la maison !

Maman est accourue :

— Encore toi ! Mais il n'est que sept heures. Tais-toi donc, voyons !

— Maman, ma petite maman chérie, c'est vrai, ce que je chante : j'ai mal à la gorge, il doit y avoir un tas de blanc, et tu me garderas, et j'irai dans ta chambre ! Hein, quc j'irai dans ta chambre ?... Et je ne repasserai...

Là, je me suis tue, parce que je n'ai pas trop osé dire que j'étais contente pour les fleuves d'Europe.

— Écoute, a chuchoté maman, tu dis ça pour me taquiner ?

— Tu ne me crois pas ? Viens voir à la fenêtre de la cuisine !

Alors, maman a regardé et, en effet, j'avais un blanc énorme, et j'ai pris ma température, et j'avais 38°3.

— Cela va faire du 39° ce soir, a soupiré maman ; mon Dieu, mon Dieu, il ne me manquait plus que ça !

Je lui ai sauté au cou.

— Je suis tellement contente ! Oh, tu verras comme je serai sage, comme je me laisserai bien soigner !... Alors, je vais dans ton lit ?

— Ma foi, oui, inutile de passer ça à ta sœur... Bon, la voilà qui rit, maintenant ! Mais tu deviens folle, ma pauvre fille !

Et voilà, je suis installée dans le lit de maman, avec sa jolie couverture rose et ma chemise de nuit blanche (celle au ruban). Évidemment, j'ai un peu mal à la tête, ma gorge est enflée, je brûle partout, mais, comme dit le proverbe : « Il n'est pas de plaisir sans peine. » Et puis, quand je m'ennuie un peu, je n'ai qu'à penser aux affluents du Danube et, tout de suite, je ne m'ennuie plus. Maman m'a fait du tilleul et, à onze heures, Violette m'a apporté, de la part de sa mère, un grand pot de citronnade.

— Et puis, m'a-t-elle dit joyeusement, il y a une bonne nouvelle, Liline : tu es deuxième en récitation, avec 18 !

Deuxième avec 18 ! J'ai appelé maman, Estelle, Riquet, papa qui venait de rentrer ; c'était à qui me féliciterait. (« Eh, eh, a fait papa, tu rattrapes ta sœur, maintenant ! ») Et il paraît que Mlle Délice a dit à Violette : « Je suis vraiment très satisfaite d'Aline. » Oh ! quel bonheur, quelle bonne journée ! Dans ma joie, j'aurais bien embrassé tout le monde ; mais personne n'a voulu, à cause de l'angine – excepté maman, naturellement.

Après le déjeuner, grand-mère Pluche m'a monté un livre : *Les Malheurs de Fine* ; je l'ai commencé, mais je n'arrivais pas à le lire ; les lettres dansaient devant mes yeux et ma tête était chaude. Alors maman s'est dépêchée de finir sa vaisselle pour pouvoir me faire la lecture et, quand elle en a eu assez, elle s'est allongée sur le lit, près de moi. On a causé comme des grandes personnes, et maman m'a raconté quand elle était petite, au Havre, et qu'elle était malade. Une fois, elle avait eu une bronchite, et le médecin avait dit qu'il fallait la mettre à l'hôpital, mais elle avait tellement pleuré que l'oncle Henri n'avait pas voulu et avait pris quelqu'un pour la soigner : une grande femme noiraude, appelée Mme Planque, qui avait, entre autres manies, celle de répéter à tout propos : « Taisez-vous donc ! », si bien que maman n'osait plus ouvrir la bouche. À six heures, l'oncle Henri rentrait de la Compagnie du Gaz et il jouait jusqu'au dîner avec maman, au loto, à la bataille, aux devinettes ; il avait même inventé un jeu : « Pim, pam, poum », mais maman ne sait plus du tout comment c'était, sauf que, quand on disait « Poum », on avait perdu. Quelquefois aussi, l'oncle Henri lui lisait des histoires, mais il avait tant sommeil que, tout de suite, il s'endormait, et le livre tombait par terre.

— Il était très bon, mais vois-tu, Liline, il y avait quand même des heures où je me sentais bien seule et où je pleurais tout bas, dans mon oreiller ; un après-midi, surtout, où j'avais entendu la concierge dire à Mme Planque : « Pauvre garçon, c'est un fameux fardeau pour lui que cette gamine, quand on voit tous les autres qui s'amusent, à son âge ! » Quand Henri est rentré, ce soir-là, mes yeux étaient si rouges qu'il m'a demandé ce que j'avais ; j'ai dit que je m'étais cognée, mais, toute la nuit, je me suis tourmentée, et ensuite bien des jours encore, sans personne pour me consoler... Pauvre Henri, c'est pourtant vrai que je pesais sur lui...

— Oh ! maman, ai-je dit, mais tu es si petite, si légère !

Maman a souri et m'a caressé les cheveux, doucement :

— Vois-tu, ma Liline, les gens trouvent que je vous gâte trop, et c'est vrai... peut-être... Mais...

sait-on ce que la vie vous réserve, et ce doit être un tel soutien, quand on est grand, que d'avoir eu une enfance heureuse…

Ses yeux brillaient, remplis de larmes ; j'ai pris sa main, je l'ai serrée très fort, et nous sommes restées comme ça, sans plus rien dire.

Lundi 8 mars.

J'ai mal dormi, j'ai eu la fièvre ; oh c'était terrible ! La maison était devenue un grand bateau, et je la voyais glisser à une vitesse folle le long d'une pente qui s'enfonçait dans la mer. Riquet était debout sur le toit avec Estelle, papa tenait le gouvernail, et maman, dans une robe très triste, me disait adieu par la fenêtre, en pleurant. Je criais : « Maman, maman ! » si fort que je me suis réveillée, et elle était à côté de mon lit, en peignoir, tenant une tasse de tilleul qu'elle m'a fait boire. Je me suis accrochée à elle.

– Tu es là… ce n'était pas vrai !… Oh ! maman, et les autres ?

– Hé, ils dorment ! Fais comme eux, ma chérie, tu vois bien que je ne te quitte pas !

Je le voyais, mais chaque fois que mes yeux se fermaient, j'avais tellement peur qu'elle soit partie que je les rouvrais bien vite, et elle était là. Alors, je me suis endormie en lui tenant la main et, ce matin, ça va beaucoup mieux : il y a moins de blanc dans ma gorge et je n'ai plus que 37°7. À midi, j'ai eu du bouillon de légumes, une pomme cuite, et ça ne m'a pas trop gênée pour avaler.

Papa m'a fait un cadeau : une petite boîte de peinture, jolie comme tout. Est-ce pour ma place de deuxième ? Est-ce pour mon angine ? Je n'en sais rien, mais Estelle croit que c'est pour la place, et ça la vexe parce qu'elle n'en a pas autant à chaque composition, et Riquet croit que c'est pour l'angine, et ça lui fait envie.

Cet après-midi, maman a fait la lessive ; je l'entendais qui allait et venait dans la cuisine et je devinais tout ce qu'elle faisait, d'après les bruits. De temps en temps, elle me demandait :

— Ça va, ma Liline ?

— Oui, maman, ça va très bien.

Et c'était vrai ; la chambre est si agréable. Par la fenêtre qui donne sur la rue, je vois le hangar du charbonnier, un brancard de la charrette et, tout à l'heure, j'ai reconnu Gabriel et Armand qui jouaient aux billes dans la cour ; ça m'a paru drôle de les voir habillés, dehors, quand, moi, j'ai ma chemise de nuit. Mais je suis si bien ; mes mains sont douces et blanches et, hier, maman m'a mis de l'eau de Cologne. Je m'amuse à regarder toutes ses affaires : sa boîte à ouvrage, avec les cotons à repriser et les petits ciseaux qu'Estelle et moi nous lui avons donnés pour sa fête, la glace ronde que Riquet prenait pour un « gros œil », la porte où il y a nos tailles marquées par des traits, avec nos initiales : E. A. R. À côté, maman a mis nos photos de quand on était petits, et puis, en dessous, les choses qu'on lui a faites : un découpage de Riquet, ma belle peinture de la tempête et, pour Estelle qui dessine mal, un canevas où il y a brodé « Bonne fête » au point de croix. J'ai proposé à maman de lui faire un nouveau dessin : un incendie avec un tas de flammes ; mais elle aimerait mieux des fleurs.

À quatre heures, Violette est venue m'apporter deux oranges ; elle était encore toute rouge de la révision des fleuves d'Europe et du mal qu'elle s'était donné pour bien répondre : tous les fleuves allemands qu'il fallait réciter, et ceux de la Belgique, et le Danube ! Il paraît que Marie Collinet ne s'est pas trompée une seule fois ; ça ne m'étonne pas d'elle ; Violette dit que depuis l'histoire de vendredi, elle fait la tête à tout le monde et se détourne dès qu'on lui parle. Eh, qu'elle reste dans son coin !

Je dois dire qu'Estelle est très gentille pour moi. Ce soir, elle m'a acheté, avec son argent, une grosse cerise en sucre, mais maman n'a pas voulu que j'y goûte, à cause de ma gorge, et c'est Estelle qui l'a mangée.

Mardi 9 mars.

37°1, aujourd'hui. Je me lèverai demain, et c'est tant mieux, parce que je commence à en avoir assez de voir les autres jouer dans la cour, au soleil, pendant que je reste au lit !... Cet après-midi, pour me distraire, j'ai dessiné les fleurs pour maman, mais je n'ai pas pu me servir de ma belle boîte de peinture, parce que maman avait peur que je salisse les draps, et, forcément, avec les crayons de couleur, ça fait beaucoup moins d'effet. Je dessine rien que des coquelicots, à cause de mon crayon rouge neuf.

Riquet aurait bien voulu jouer aux dominos avec moi, mais il avait ses devoirs à faire, il n'a pas pu. Il a regardé ma boîte, les oranges, le pot de citronnade, et il m'a demandé tout bas :

— Comment tu as fait, dis, pour attraper ton angine ?

— Pour l'attraper ?... Tu crois donc que je l'ai fait exprès, bêtassou ! Et pourquoi me demandes-tu ça ?

— Pour rien !...

Et il est parti en disant qu'il descendait jouer en bas cinq minutes. Mais un quart d'heure passe, une demi-heure, et maman allait l'appeler par la fenêtre quand on frappe à la porte, et c'était le charbonnier qui tenait Riquet par la main, un Riquet tout dégoulinant d'eau.

— Je vous ramène votre garçon, madame Dupin, et vous ne devinerez jamais où je l'ai trouvé : accroupi, en slip, sous le robinet de ma fontaine qu'il avait ouvert tout grand, le galopin ! Il claquait des dents, il fallait voir... Heureusement qu'il ne fait pas froid ! Je lui ai remis comme j'ai pu son pull-over et sa culotte... Mais a-t-on idée, quand même ?

Riquet, lui, sanglotait tant qu'il pouvait, parce qu'il avait peur qu'on le gronde. Maman, sans rien dire, l'a emmené dans la chambre et, là, elle l'a frictionné à l'eau de Cologne, si fort qu'elle était en nage. Et puis, quand il a été bien réchauffé, avec un slip sec, elle lui a donné une claque.

— Ça t'apprendra ! Tu n'es pas fou ? Comme si je n'avais pas assez d'une malade à la maison ! Et si tu avais pris froid ? (Elle le secouait.) Hein, réponds-moi, pourquoi as-tu fait ça ?

Riquet a essayé de parler, mais il pleurait tant qu'on ne comprenait rien ; et puis, finalement, on a entendu :

— C'était pour tâcher d'attraper une angine comme... comme Aline et... et recevoir des beaux cadeaux !...

Maman est restée confondue ; elle avait plutôt envie de rire, et je crois que si le charbonnier n'avait pas été là, elle n'aurait pas puni Riquet ; mais devant lui, elle n'a pas osé.

— C'est bien, a-t-elle déclaré sévèrement ; puisque tu as tant envie d'être malade, sois-le donc mon garçon, tu verras comme c'est amusant !

Et le pauvre Riquet, malgré ses cris, a été en un clin d'œil redéshabillé et mis au lit. (Il couche dans notre petite chambre avec papa, depuis que j'ai mon angine, et Estelle couche dans la salle à manger.) D'abord, il a pleuré un peu, et ensuite plus rien : il dormait.

Papa a bien ri, quand il a su l'histoire.

— Ce gamin devient insupportable, a-t-il dit, et nous devrions le dresser, Minette ! Mais, tout de même, il faut avouer qu'il est vraiment original !

— Et intelligent, avec ça, a soupiré maman ; pauvre petit... si j'allais voir s'il n'a pas faim ?

Ils y ont été tous les deux, mais Riquet dormait si bien qu'ils n'ont pas voulu le réveiller, et quand maman est revenue, elle se retenait pour ne pas pleurer.

Jeudi 11 mars.

C'est fini, je n'ai plus rien ! Il était temps, je n'en pouvais plus !... Je me suis levée un peu hier et, ce matin, j'ai fait un petit tour avec Estelle... Oh, pas bien loin, jusqu'au square, et encore mes jambes flageolaient au retour. Mais que tout a changé pendant ces quelques jours : c'est le printemps ! Le pêcher, tout au bout du square, a déjà de petites fleurs roses, les marronniers bourgeonnent et, en passant le long du chemin de fer, j'ai vu la première hirondelle. Quel bonheur ! On s'est assises, les pieds sur les arceaux, près de la pelouse qui borde l'étang ; le soleil brillait, et c'était tout vert, et j'ai compté vingt-trois pâquerettes. Je pensais à la vraie campagne et, tout à coup, j'ai eu tant envie d'y être que j'en aurais pleuré. Peut-être que papa nous mènera bientôt dans les bois de Clamart, comme l'année dernière ? On avait mangé des frites, et j'avais cueilli tant de jacinthes que je ne pouvais plus les tenir ; pourtant, maman avait apporté de la ficelle, mais, pendant que je faisais mon bouquet, Estelle et Riquet l'avaient coupée en deux pour en faire, l'un une balançoire, l'autre une corde à lasso, et il n'était rien resté pour mes fleurs.

— Cette fois, ai-je déclaré, on m'en laissera, de la ficelle !

Estelle m'a regardée d'un air inquiet.

— Quelle ficelle ? Qu'est-ce que tu racontes ?

Et, quand je le lui ai eu expliqué, elle a pouffé de rire :

— Eh bien, tu t'y prends à l'avance, avec ton Clamart ! Moi qui croyais que tu avais la fièvre, Liline ! Mais il faut rentrer, tu es fatiguée, et j'ai ma rédaction à finir.

On est rentrées ; j'avais faim ! Quand j'en ai été à ma quatrième tartine, maman a dit que, décidément, je pourrais bientôt retourner en classe : samedi, par exemple.

— Samedi ? Non, vendredi, vendredi, vendredi !

En fin de compte, j'y vais demain après-midi. Je suis ravie. Il me semble qu'il y a un temps fou que je n'ai pas revu mes camarades ; et puis, c'est amusant d'arriver comme ça, tout le monde s'occupe de vous : les élèves qui vous disent bonjour, la maîtresse qui vous appelle à sa chaire pour savoir ce que vous avez eu. En plus, je dois dire que j'ai aussi envie de travailler ; dame, ça encourage, une place de deuxième ! Maman me l'a répété ce matin :

— Tu vois, Liline, que, quand tu le veux, tu peux avoir d'excellentes notes ; tâche d'y penser, applique-toi bien !

— Mais je m'applique toujours bien !

Maman a ri.

— Alors, applique-toi encore mieux !

Je le lui ai promis ; oh, elle va voir ça ! C'est très simple, à partir de demain :

1. – j'apprends toutes mes leçons parfaitement ;
2. – je fais tous mes devoirs parfaitement ;
3. – je ne souffle plus à personne ;
4. – je ne passe plus de petits papiers à Violette ;

5. – je ne bavarde plus pendant la gymnastique et, même si Tiennette Jacquot me chatouille, je ne ris pas ;
6. – je suis exemplaire.

Bon, voilà qui est entendu : à partir de demain sans faute ! Oh, je voudrais y être !... En attendant, pour m'entraîner, je suis exemplaire à la maison. J'ai aidé maman à coudre nos robes et j'ai posé tous les boutons de la mienne. En plus, j'ai fait réciter à Riquet sa fable et sa leçon de français (le verbe être). En plus encore, j'ai épluché les légumes pour la soupe. En plus encore, j'ai tricoté. Après, comme je ne savais plus quoi faire, j'ai décidé de nettoyer la salle à manger à fond : j'ai mis les chaises sur la table (Riquet et Estelle étaient furieux, et Estelle est allée s'enfermer dans sa chambre) et je commençais à frotter le parquet quand maman est arrivée en poussant les hauts cris et en me disant que je perdais la tête. Alors, faute de mieux, j'ai ciré toutes les chaussures pour demain et j'ai fourbi les casseroles : je suis éreintée ! Ah, c'est fatigant d'être exemplaire !

Samedi 13 mars.

Une manière excellente de compter pour cache-cache :

Quatre à quatre à la charrue
Quand on donne on reprend plus
Autrement on est perdu
Dans le bois du p'tit bossu.

C'est moi qui y ai été, et je n'ai attrapé personne : ça doit être à cause de mon angine, parce que avant, enfin, je courais très bien. Et pour ce qui est d'être exemplaire, ah bien, j'ai eu cinq mauvais points ! C'est la faute du soleil ; il y en avait tellement plein la classe et plein dehors qu'on se serait cru dans le soleil lui-même ! De ma place, je voyais le tilleul de la cour, le ciel, un oiseau qui plongeait, et je me sentais si contente que je me suis mise à chanter tout bas *Auprès de ma blonde*, pendant que Violette récitait l'histoire. Et puis, sans m'en apercevoir, voilà que j'ai chanté haut, juste comme j'en étais à :

La caille, la tourterelle
Viennent y faire leur nid...

Les élèves se tordaient, je suis devenue rouge, et la maîtresse a dit :

— Aline, puisque tu as tant envie de remuer ta langue, dis-moi donc si le siège d'Alésia par Jules César, c'est avant ou après Jésus-Christ ?

Avant ? Après ? J'ai perdu la tête, et j'ai répondu :

— Pendant !

Là-dessus, les cinq mauvais points ! J'ai bien essayé d'expliquer à maman, pour le soleil, mais elle n'a pas compris.

— C'est ça que tu appelles être exemplaire ? m'a-t-elle dit en soupirant.

Mais je le serai, je le serai lundi !... D'ailleurs, aujourd'hui, j'ai l'esprit à l'envers avec la fête de demain. Violette aussi : elle a eu 3 en histoire, mais elle mettra sa belle robe de taffetas et ses souliers vernis, et ça l'ennuie un peu pour les souliers, parce que le droit lui fait mal. Son écharpe est finie. Armand a fait un dessin magnifique : des tigres qui attaquent un chasseur, au milieu d'une forêt pleine de singes ; il paraît qu'on a presque peur. Et Nono lui-même offrira un porte-mine bleu ; comme il sera gentil !... Oh ! la maison est sens dessus dessous avec ça ; Mme Misère encaustique l'escalier et, tout l'après-midi, on a été forcés de marcher sur du papier journal ; elle criait si on ne le faisait pas.

– Que signifie tout ce remue-ménage ? m'a demandé M. Copernic en ouvrant sa porte.

J'allais le lui dire quand Mme Misère m'appelle, comme par hasard, pour l'aider à tirer le paillasson.

– C'est demain la Sainte-Mathilde, la fête de maman Petiot, monsieur Copernic ! ai-je crié de toutes mes forces.

La concierge a brandi son torchon, mais j'étais loin...

À ce moment, une idée me vient ; je monte chez nous quatre à quatre.

— Maman, maman, qu'est-ce que tu donnes, toi, à madame Petiot ?

Et voilà que maman n'avait rien acheté, tant elle avait pensé à nos robes ! Alors, on est vite descendues et on a fait toute l'avenue sans rien trouver ; si, il y avait bien un très joli collier à l'Uniprix mais cher : 20 francs, c'était fou !...

— Mais qu'est-ce que je vais offrir ? Qu'est-ce que je vais offrir ? répétait maman ; ah, décidément j'oublie tout, ma pauvre fille !

Finalement, je me suis souvenue du marchand d'oiseaux, impasse Janvier, et nous avons acheté un petit serin charmant, dans une cage minuscule : 8 francs le tout. Riquet était ravi ; il aurait voulu garder l'oiseau, mais pas Estelle, à cause du bruit que ça fait.

Maintenant, il faut ressayer les robes, et puis encore mon problème !

Dans l'escalier, ça sent la vanille quand on passe devant chez grand-mère Pluche ; elle doit faire le gât...

Dimanche soir 14.

Hier, c'est maman qui m'a interrompue pour que je fasse mon problème. Mais la fête, la fête...

Quelle bonne journée, comme nous avons ri ! Ce soir, j'ai tellement mal aux jambes que je ne sais pas comment je vais faire pour aller jusqu'à mon lit (je suis dans la cuisine). Mais que je raconte vite !

D'abord, on était vraiment belles. Estelle avait ses boucles, avec un ruban vert assorti à sa robe, et moi, ni boucles ni ruban, mais une magnifique barrette en or que maman m'avait prêtée. Pour Riquet, sa culotte était un peu juste ; par contre, les chaussettes neuves vont très bien ; il s'en soucie d'ailleurs comme d'une guigne.

À déjeuner, on a mis nos serviettes pour ne rien salir, mais je n'ai presque pas mangé parce que je me réservais pour les gâteaux ; et puis, c'étaient des poireaux.

– On y va ? On y va ? répétions-nous à chaque instant.

À la fin, maman a dit : « Oui, on y va », et on est sortis, oiseau en tête, juste au moment où Mme Misère arrivait sur le palier avec Mlle Noémie, grand-mère Pluche et Gabriel. Ah, nous avons fait une entrée !

Les Petiot en étaient au fromage.

– Bonne fête, bonne fête, maman Petiot ! avons-nous crié tous ensemble.

Maman Petiot s'est levée d'un bond.

— Quelle surprise ! Si je m'y attendais, par exemple !

Un à un, nous lui avons donné nos cadeaux ; elle s'exclamait, remerciait, et elle a embrassé tout le monde, même papa ! Je dois dire que, de tout, ce qui a eu le plus de succès, c'est le serin : Nono, dès qu'il l'a vu, a pointé son petit doigt vers lui en criant : « Zo ! zo ! », et Armand a dit que ce serait son nom : « Zozo ». Le col brodé était très joli et le gâteau bien, quoique trop petit à mon avis. Quant à Mme Misère, elle avait apporté des bonbons qu'on a offerts à la ronde ; mais c'en était encore des au goudron, et j'ai dû cracher le mien en cachette, parce que j'avais peur que ça me fasse mal au cœur pour le reste : heureusement, non.

— C'est une folie ! Il ne fallait pas ! répétait Mme Petiot, moi qui ai déjà été si gâtée !

Et elle a montré l'écharpe, le porte-mine, le dessin d'Armand, surtout, qui est vraiment impressionnant, « réaliste », a déclaré Mlle Noémie qui s'y connaît, et elle a ajouté que, sans aucun doute, Armand avait l'étoffe d'un grand peintre.

— Pensez-vous ! Pensez-vous ! a protesté maman Petiot.

Mais tout en parlant, elle regardait son Armand, et on voyait bien qu'elle le croyait aussi.

Comme il n'y avait pas assez de chaises pour nous tous, papa a couru en chercher chez nous, et on s'est installés autour de la table, les parents d'un côté, les enfants de l'autre. Et, juste alors, est arrivé le beau-frère des Petiot, M. Pirouette (un nom drôle), avec son fils Christian, une boîte de chocolats, et pas sa femme qui est enrhumée. On a mangé les chocolats, et Christian s'est assis entre Estelle et Violette ; il était très chic, avec cravate et tout, on aurait dit qu'il sortait d'une vitrine.

– Et bluffeur, avec ça, le Cricri ! m'a soufflé Armand qui ne peut pas le souffrir.

Pendant ce temps-là, maman Petiot a tiré du buffet une immense tarte aux pommes, deux assiettées de macarons, trois bouteilles de vin blanc et des verres.

– Tiens, tiens, je croyais que « vous ne vous y attendiez pas » ? lui a dit papa en riant.

Maman Petiot a cligné de l'œil.

– Je m'attends toujours à tout, monsieur Dupin… et maintenant, trinquons, mes amis !

– Oui, oui, vive la Sainte-Mathilde !

On a eu chacun une grande part de tarte, un petit morceau du gâteau de grand-mère Pluche, cinq macarons (Gabriel en a pris neuf !) et un verre entier de vin blanc... Ah, on était gais !... Armand se trémoussait tant qu'il a renversé la moitié de son verre sur ma belle robe. Je me recule... et renverse le mien sur la jambe de Violette !

— Ça ne m'étonne pas de vous deux ! a déclaré Estelle de son air le plus « dame », tout ça pour éblouir Cricri qui était en train de lui raconter qu'il savait patiner sur la glace.

— Et moi, sur la lune, lui a lancé Armand ; tu ne peux pas t'imaginer, Cricri, comme on y est bien !

— Je t'ai déjà dit de ne pas m'appeler Cricri.

— Entendu, Cricri.

— Non, non, Christian.

— Oui, Cricri.

L'autre était furieux, et Estelle haussait les épaules avec des mines, des mines... Ah, elle m'agace quand elle est comme ça ; elle n'est pas ma mère, après tout, et maman ne m'a rien dit, pour la tache : c'est vrai qu'elle riait tellement, avec ce vin ! Elle a même chanté *Le Loup-Garou* qu'elle sait si bien, et tout le monde a applaudi ; papa et moi, on était fiers ! Après, Mlle Noémie a récité une poésie très longue sur l'automne, mais c'était drôle parce qu'elle poussait des soupirs comme si elle allait s'évanouir. M. Petiot a chanté *La Tosca* et Mme Misère *La Paimpolaise* d'un air tellement triste que, quand elle en a été à « *Il coule dans l'océan sans fond...* », Gabriel s'est mis à pleurer à chaudes larmes. Mme Misère était très flattée.

— Ce petit-là a du sentiment, a-t-elle déclaré à grand-mère Pluche.

Nous autres, nous riions sous cape, mais pas Estelle ni Christian qui parlaient de leurs compositions et de leurs places de premiers.

— Aline a été deuxième en récitation ! s'est écriée Violette.

Christian s'est tourné vers moi.

— Eh bien, qu'elle récite quelque chose !

Je ne voulais pas, mais maman m'a fait des signes, et j'ai bien été forcée d'obéir... Ah, comme j'ai bafouillé ! J'avais peur, je n'en sortais plus de mon renard et de ma cigogne ; je répétais tout le temps les mêmes vers :

La cigogne au long bec n'en put attraper miette...
La cigogne au long bec n'en put attraper miette...

Impossible d'aller plus loin. Et, en même temps, je voyais Christian qui disait tout bas des choses à Estelle contre moi, et Estelle, oui, Estelle qui riait en me regardant... Ça m'a fait une peine ! Tout d'un coup, il n'y a plus eu ni fête ni gâteaux ; j'aurais voulu m'en aller seule et pleurer. Violette s'en est bien aperçue, parce que, quand j'ai eu repris ma place, elle a passé son bras sous le mien et m'a embrassée furtivement. Elle est bonne, elle. Pourquoi faut-il que, si bonne qu'elle soit, je lui préfère encore cette Estelle qui me rend triste ? Ah, c'est bien mal arrangé !

Mais on frappe à la porte : c'est le charbonnier en costume du dimanche, avec un grand pot de giroflées. Nono a eu si peur de ses moustaches qu'il s'est mis à hurler comme un possédé ; Violette s'est précipitée pour le prendre dans ses bras, et voilà qu'on s'aperçoit que, pendant qu'on chantait, il avait sucé le porte-mine bleu qu'il avait offert à sa mère ; il en avait partout, jusque dans les cheveux !

— Je t'avais pourtant dit de le surveiller ! a crié Mme Petiot à Violette.

Possible, mais Violette ne l'a pas entendue, et j'allais la défendre, quand M. Petiot, qui voyait que ça tournait mal, a proposé de danser.

— Bonne idée ! dit le charbonnier, mais descendons dans ma cour, nous y serons mieux.

Et nous dévalons l'escalier avec le tourne-disque des Petiot. Quel temps il faisait : doux, bleu, clair, un vrai temps de fête ! On s'est mis à danser, Christian avec Estelle, moi avec Armand, Violette avec Riquet qui se mettait sur la pointe des pieds pour avoir l'air plus grand (Gabriel, lui, a mieux aimé rester assis). Mais, tout à coup, plus de tourne-disque, cet idiot d'Armand était tombé dessus, et tout était faussé ; il a reçu une gifle, mais ça n'a rien arrangé, et on ne savait plus comment faire sans musique, quand éclate, tout près de nous, un air de danse joyeux, léger, rapide, à vous donner des fourmis dans les jambes. Et qui voyons-nous ? M. Copernic, debout sur la charrette, qui jouait du violon à tour de bras, en sautillant comme un pantin. Comment était-il entré ? Mystère ! Mais il était là, et il nous a si bien fait danser qu'à la fin nous ne pouvions plus respirer.

— Eh, c'est la sarabande de l'autre nuit ! s'est écrié M. Petiot qui suait à grosses gouttes, mais cette fois, voisin, elle est la bienvenue !

Et tout le monde a applaudi.

Après ça, un autre air, un autre encore ! Les cheveux de M. Copernic voltigeaient sur sa tête, il se trémoussait, la charrette branlait, et nous, nous tournions comme des toupies, riant, haletant, chantant et dansant la polka sur tous les airs. Soudain, le charbonnier m'empoigne et me fait sauter, mais alors sauter, à croire que je ne retomberais jamais par terre ! Plus je crie, plus il m'enlève, et une fois où j'étais en haut, j'ai aperçu la grosse Carmen qui nous épiait de sa fenêtre.

— Viens donc ! Viens donc ! lui ai-je crié.

Mais elle a tiré ses rideaux. Eh ! qu'elle aille danser avec ses nouilles !

— Vous connaissez le be-bop ? me demande Christian.

Le be-bop ? Non ! Mais je dis oui, et tant pis pour moi, parce que je me suis trompée tout le temps, encore plus que dans la fable, et je n'arrêtais pas de cogner ses pieds avec les miens.

— Reprenons, disait-il en pinçant les lèvres ; lentement, s'il vous plaît, à gauche, à droite...

« Ah non, ai-je pensé, on n'est pas à l'école ! » et j'ai dit tout haut :

— Flûte pour le be-bop !

Du coup, il m'a laissée là pour rejoindre Estelle. Comme elle se tient bien, elle ! Droite, la tête un peu penchée, la main sur l'épaule de son cavalier, tout à fait comme dans les grands bals... et, vrai, on aurait dit une fée, avec sa robe vert pâle et ses beaux cheveux ! Je me suis rappelé comme elle m'avait acheté une cerise en sucre, pour mon angine, et tout à coup j'ai eu moins de peine : au fond, elle m'aime bien, Estelle, et puis quoi, si Cricri avait été gentil avec moi comme il l'a été avec elle, est-ce que je peux savoir ce que j'aurais fait ? En passant près d'eux, je lui ai crié : « Tu es belle ! » et elle m'a souri gentiment... Chère Estelle.

À la fin, comme nous ne tenions plus sur nos jambes, nous nous sommes laissés tomber sur des bancs que le charbonnier avait sortis.

— Ce que j'ai mal au pied, avec mon soulier ! me chuchote Violette et, furtivement, elle retire sa chaussure pour se délasser.

Mais ce fou d'Armand la lui prend, la met au bout d'un bâton et galope à travers la cour en chantant à tue-tête :

La mariée, sans soulier,
Ne sait sur quel pied danser

Violette était rouge de colère, mais nous riions tant qu'elle a fini par faire comme nous.

Après, tout le monde a eu soif ; papa et M. Petiot ont été acheter de la limonade au café de la rue Lemercier, et on a bu encore à la santé de maman Petiot ; mais, cette fois, M. Copernic a trinqué avec nous ; tout le monde voulait lui parler, et Mme Misère elle-même a reconnu que ce qu'il avait fait là était vraiment bien. Lui, il paraissait très content et il m'a lancé un joyeux clin d'œil, comme pour me dire : « Eh, ça y est, j'y suis arrivé ! » Après, on a redansé, comme ça jusqu'au soir, si bien que les gens se sont mis aux fenêtres pour voir ce qui se passait.

Et voilà, maintenant, c'est fini, la fête.

En plus de ma tache, j'ai déchiré ma robe à la roue de la charrette, et Riquet a sali sa culotte. Heureusement, maman ne dit rien : je crois qu'elle a trop ri. Pour dîner, personne n'a eu le courage de mettre la table, et nous avons mangé sur nos genoux du pâté et du fromage en parlant tous à la fois de la journée, sauf Riquet qui s'est endormi, le nez sur sa tartine. Estelle est couchée, j'attends qu'elle dorme pour en faire autant, parce que je n'ai pas envie qu'elle me réveille pour me raconter ce qu'a dit Christian. Mais j'ai sommeil… Ouh là, je m'arrête.

Lundi 15 mars.

Rien. Mal aux jambes. Maman a vu ma robe, mais c'était trop tard pour qu'elle se fâche.

Mardi 16 mars.

J'ai 8 en géographie, Violette a 6 ; Tiennette Jacquot a 8 ; Marie Collinet a 7, et je me suis encore disputée avec elle, parce que je voulais prendre son bonnet pour faire une casserole (on jouait au restaurant) et qu'elle n'a pas voulu. Je l'ai appelée « fourmi » :

La fourmi n'est pas prêteuse,
C'est là son moindre défaut…

et elle s'est sauvée, en tirant sur ses nattes !

Estelle est première en français, et charmante avec moi.

Vendredi 19 mars.

Quelque chose de terrible, terrible : l'oncle Émile est mort, il a été écrasé par son car qui est tombé au fond du ravin ! C'est tante Lotte qui a envoyé un télégramme :

« ÉMILE DÉCÉDÉ — ENTERREMENT LUNDI MATIN — CHARLOTTE »

Et, aussitôt après, papa l'a lu dans le journal où c'était tout expliqué, avec le nom de l'oncle Émile imprimé. Voici ce qu'il y avait :

« Toulon, jeudi.
Pour une cause que l'enquête actuellement en cours va s'efforcer de rechercher, le car n° 108, faisant le service Toulon-Le-Brusc et retour, conduit par le chauffeur Émile Dupin, 34 ans, domicilié au Brusc, est tombé

ce matin, à 9 heures 30, dans un ravin, au lieu dit Le Mourillon. D'après M. Marcel Rouve, seul témoin de l'accident, le lourd véhicule obliqua soudain à droite, escalada le terre-plein qui borde la route à cet endroit, faucha un lampadaire et, poursuivant son embardée, disparut dans l'à-pic profond de six mètres, au milieu des cris d'épouvante des voyageurs, heureusement peu nombreux.
Des pêcheurs voisins, alertés par M. Rouve, retirèrent les victimes des décombres ; ce sont : Mme Prosper Blondet, 3, rue Rigaudin, à Toulon, son fils Alain, 14 ans, et Mme Veuve Godusse, 2, rue Pache, à Sanary, qui purent tous trois, après pansement, regagner leur domicile. Quant au chauffeur, il avait été tué sur le coup. C'est le troisième accident qui se produit sur cette même route, depuis six mois, et on ne peut que déplorer la fréquence de telles catastrophes. »

Ah ! maman a du chagrin, elle pleure énormément, et papa aussi. Le télégramme est arrivé pendant qu'on mangeait le chou-fleur, et personne n'a pensé à le finir, excepté Riquet.

Je dois dire que, forcément, c'est moins terrible pour moi que pour maman, puisque je ne connaissais presque pas l'oncle Émile ; mais de les voir pleurer, elle et papa, ça me faisait pleurer aussi, surtout papa qui ne pleure jamais. Et puis, je crois que ça leur faisait plutôt plaisir que je pleure ; alors, chaque fois que je n'en avais plus envie, je me forçais à imaginer l'oncle, écrasé sous un car énorme, et ça revenait.

Maman répétait :

— Ma pauvre Lotte, elle qui vient d'avoir sa petite fille il y a un mois à peine, dans quel état doit-elle être ! Il faut que nous partions, Fernand, et tout de suite ; mais les enfants, comment les laisser ?

J'ai dit que je saurais très bien me débrouiller avec Estelle, pendant ces quelques jours, et maman Petiot, qui était entrée une minute, parce que Mme Misère lui avait parlé du télégramme, a promis de s'occuper de nous trois.

Alors, papa est vite descendu au café du coin pour consulter un horaire de chemin de fer, mais voilà que ça ne s'arrangeait plus du tout, à cause du prix du voyage : 160 francs par personne, 320 pour deux… une vraie fortune !

— Et nous avons à peine 300 francs de disponibles, s'est écriée maman. Oh, que faire ?

— Eh bien, a répondu papa, il n'y a qu'une solution : c'est que l'un de nous parte seul. Il y a un train pour Toulon à 20 heures 40, je le prendrai ce soir.

— Non, non, a supplié maman, laisse-moi aller près de Lotte !

Papa a dit que c'était impossible, qu'il fallait un homme là-bas pour discuter avec la Compagnie du car, au sujet de l'indemnité, mais plus il parlait, plus maman insistait.

— Charlotte est mon amie, presque ma sœur, elle m'attend, j'en suis certaine. Je resterai près d'elle jusqu'à la fin de mon aller et retour... mettons jeudi !

Papa a cédé, c'est maman qui part. Elle m'a demandé de manquer l'école pour l'aider à préparer ses vêtements noirs, et Estelle est descendue seule avec Riquet. Elle faisait la tête, parce qu'elle trouve que maman n'aurait pas dû nous quitter. Quant à Riquet, il trépignait d'impatience.

— Qu'est-ce qu'ils vont dire, les camarades, quand je leur raconterai que c'est dans le journal ! m'a-t-il glissé dans le tuyau de l'oreille.

Samedi 20 mars.

Maman est partie. Oh, comme nous avons pleuré tous les trois, Mme Petiot n'arrivait pas à nous consoler ! Si, au moins, nous avions pu aller jusqu'à la gare, mais le métro, ça coûte cher, à cinq, et papa a dit non. Maman, elle aussi, pleurait, elle remontait tout le temps l'escalier pour nous embrasser, et c'était terrible de la voir comme ça, tout en noir, sauf son vieux manteau marron qu'elle avait enfilé par-dessus le reste pour ne pas salir dans le train ses affaires de deuil. Elle m'a répété au moins vingt fois tout ce que je devais faire pour les repas, d'ici jeudi, et comment préparer le ragoût de demain.

— Et puis, ajoutait-elle, tu veilleras bien à ce que Riquet ne se mouille pas les pieds et, mardi, tu changeras le linge de tout le monde... et surtout, ma Line, occupe-toi de papa...

Mais, là, Estelle s'est mise en colère.

— Pourquoi dis-tu ça à Aline, et pas à moi ? a-t-elle crié en tapant du pied.

— Oh, ai-je répliqué, c'est un peu fort, par exemple ! Jamais, d'habitude, tu ne veux t'occuper de rien, et puis maintenant, tu veux ?

— Dame, dit-elle, ça va être tellement amusant de tout diriger comme une grande personne... et puis quoi, c'est moi l'aînée !

— Pour cela, ma fille, a observé maman avec tristesse, tu devrais y penser un peu plus souvent... Mais puisque cela « t'amuse » tant, comme tu dis, je ne veux pas faire d'injustice : Aline me remplacera dimanche et lundi, et toi, mardi et mercredi ; je serai là jeudi matin.

Nous lui avons sauté au cou, et j'étais si contente que j'ai été obligée de me rappeler qu'elle partait le soir pour redevenir triste. Mais je m'arrête, il faut que je me couche, parce que j'en aurai du travail demain dimanche !...

Dimanche 21 mars.

La salle à manger est faite, les chambres sont faites, tout le monde est lavé, tout le monde a déjeuné. Vite, je descends au marché :

— une livre et demie de ragoût de mouton ;

— un kilo de pommes de terre ;

— une laitue ;

— un quart de cantal ;

— une livre de pommes ;

— un paquet de nouilles.

Du vin, il en reste, du pain aussi. Mais que j'ai sommeil ! Dame, nous ne pouvions pas nous endormir hier soir, Estelle et moi, tant nous étions énervées. Nous avons parlé de maman, et Estelle, qui apprend la France, disait qu'elle devait être à Dijon, chef-lieu de la Côte-d'Or (ce matin, elle est à Marseille, premier port de France). Et puis aussi, nous avons cherché ce que nous pouvions faire de bon comme dessert, pour consoler un peu papa de la mort de son frère.

— Si, mardi, je lui préparais une tarte à la crème ? a proposé Estelle.

Mais elle ne sait faire ni la tarte ni la crème, et ce serait trop long d'apprendre, d'autant plus que mardi est un jour de classe. Alors, elle préparera des crêpes qu'elle adore, et moi, à midi, je ferai des pommes cuites (trois quarts d'heure de four). Papa se régalera !... Il était assis près du poêle, regardant devant lui, d'un air morne ; j'ai couru l'embrasser.

— Quoi ? quoi ? a-t-il dit en sursautant, qu'est-ce que tu veux ? Et pourquoi ris-tu ? C'est bien le moment de rire, en effet !

— Je... je ne riais pas : c'est une surprise !

Et je me suis sauvée pour ne pas être tentée d'en dire davantage, à propos des pommes cuites.

Dix heures.

Allons bon, j'allais sortir avec mon panier quand arrive maman Petiot.

— C'est moi, monsieur Dupin, ne vous dérangez pas : je venais vous inviter tous à déjeuner chez nous, aujourd'hui... Cela soulagera un peu les petites.

— Pas du tout, ai-je crié, je ne veux pas !

Mais papa avait déjà relevé la tête.

— Entendu, maman Petiot, et merci beaucoup ! Quant à toi, Aline, où as-tu pris ces manières ? Voilà comment tu parles à madame Petiot ?

— Mais, papa, c'est que...

— Assez !

— Voyons, voyons, a fait maman Petiot, ne vous énervez pas, mon pauvre monsieur Dupin ; à cet âge-là, on a la langue un peu prompte... Allons, je me sauve, à tout à l'heure.

Oh ! et mes pommes cuites, et mon beau ragoût, et Estelle qui aura à faire un repas de plus que moi ! J'avais posé mon panier par terre et je restais là à tortiller mon porte-monnaie, tellement déçue que j'en étouffais. Papa m'a lancé un regard de biais.

— Alors, tu vas bouder, maintenant ? C'est le comble.

— Mais, papa, c'est à cause du ragoût, du bon ragoût que je voulais te faire... et, pour ton dessert, figure-toi que...

— Que... que... laisse-moi tranquille avec ton ragoût, ton dessert... Tiens, au lieu de rager comme une bique, tu ferais mieux d'imiter ta sœur qui apprend sagement ses leçons pendant que tu perds ton temps ! Tu n'as donc pas de travail pour demain ?

— Mais non, puisque j'ai manqué la classe, hier après-midi !

— Et tu ne pouvais pas demander les devoirs à Violette ? Eh bien, c'est du joli, ta mère serait contente si elle te voyait... Allez, allez, file chez Violctte, paresseuse !

Paresseuse !... Je me suis sauvée sur le palier et là, j'ai pleuré, pleuré ! Paresseuse, moi qui ai fini tout le ménage et qui voulais faire du ragoût et des pommes ! Pourquoi maman est-elle partie ? Je ne croyais pas que ce serait comme ça, moi, je croyais que papa allait être triste et qu'il faudrait le consoler ; et puis, non, il se fâche. Je sanglotais si fort que Violette est sortie.

— C'est toi ? Tu pleures pour ton oncle ?

— N… on, c'est papa.

Et je raconte tout.

— Écoute, me dit-elle avec son bon sourire, viens à la maison, je t'aiderai pour l'histoire, et tu copieras ma solution du problème, ça ira vite !… Et puis, tu sais, il y a de la crème au chocolat à midi !

Ça m'a un peu calmée, d'autant plus qu'elle m'a donné aussi un excellent berlingot à la cerise. Mais à peine étais-je à la troisième ligne du problème qu'on tambourine à la porte, et papa surgit, hors de lui, les cheveux dans tous les sens.

— Qu'est-ce que tu fabriques ici ?

— Mais, papa, c'est toi qui m'as dit de venir, tu sais bien !

— Je sais… je sais… Toi, fais-moi le plaisir de me suivre, et plus vite que ça !… Ces enfants me rendront fou ! Voilà Riquet qui ne comprend rien à son opération, et cette coquine d'Estelle qui, au lieu de l'aider, lui crie dans les oreilles qu'il est un âne !… Et puis, mes chaussettes de laine bleue, hein, Aline, où sont-elles fourrées, mes chaussettes de laine bleue ? Impossible de les trouver nulle part, et j'en ai assez, assez, assez !

— Très bien, ai-je répondu froidement, et je suis sortie avec lui, d'un air très digne.

Mais, à la maison, qu'est-ce que je trouve ? La salle à manger sens dessus dessous, l'armoire en désordre, des chaussettes dans tous les coins et, au milieu de ce fouillis, Estelle, blanche de colère, en train de secouer Riquet qui se débattait comme un beau diable.

— As-tu fini de m'ennuyer, glapissait-elle, j'ai ma composition à repasser, moi !

— Tais-toi ! a hurlé papa, tais-toi ou je...

Et, pang... une gifle pour elle et pour Riquet !

Riquet s'est jeté dans mes bras.

— Tu restes là, dis, dis, tu ne pars plus ? Estelle est méchante, papa aussi ; je veux maman, ou bien toi !

J'ai essayé de lui faire comprendre que papa avait de la peine, que ça le rendait nerveux.

— Imagine que tu sois comme lui, que ton frère ait été écrasé...

— Mais, je n'ai pas de frère !

— Eh bien, ta sœur...

— Mais, puisque c'est un frère !

Je me suis mise à rire malgré moi et, après l'avoir bien embrassé, je l'ai installé devant son cahier, en lui promettant que j'allais lui expliquer son opération (il n'est pas plus doué que moi pour le calcul, le pauvre Riquet !). Mais avant tout, j'ai ramassé les chaussettes : il y en avait trois paires sous la table, et une autre derrière le poêle. Papa me regardait faire, un peu penaud.

— Tu comprends, Liline, c'est en cherchant ces chaussettes bleues, et rien à faire pour les trouver !

Sans mot dire, je vais à l'armoire, et je les aperçois du premier coup d'œil, bien rangées à côté des chemises.

— Les voilà !

Papa s'est gratté la tête.

— Ça, par exemple ! Je peux te jurer qu'elles n'y étaient pas, tout à l'heure ; je ne suis tout de même pas aveugle et, si elles y avaient été, je les aurais vues !

Pauvre papa ! Je l'ai embrassé ; il a retenu ma joue contre la sienne.

— C'est bête, hein, ma Liline, mais je suis perdu quand maman n'est pas là... Heureusement que tu es une bonne fille !

Alors, quelque chose s'est gonflé dans mon cœur, et je lui ai dit, presque joyeusement :

— Je te les ferai quand même, les pommes cuites !

Mardi 23 mars, 5 heures du matin.

Je me suis levée tout doucement, parce que je n'avais plus sommeil, et je suis venue dans la cuisine. Mais que je suis fatiguée ! Je croyais que ça me plairait de m'occuper de la maison, et puis, pas du tout, j'en ai assez, d'autant plus que papa est exigeant comme tout ; il grogne pour un rien, après, il le regrette, mais il a grogné quand même. De temps en temps, j'essaie de lui demander, comme le fait maman :

— Cela va, chez monsieur Martinet ?

Mais il hausse les épaules, et je devine qu'il s'en moque bien, de Martinet ! Et encore, avec moi, il est patient, mais il ne peut pas supporter Estelle qui se promène partout, le nez dans son livre de géographie, toute prête à m'attraper si je lui demande quelque chose.

— Estelle, tu ne voudrais pas mettre les verres sur la table, pendant que je surveille le bifteck ?

— Nord, chef-lieu Lille... Mets-les toi-même et laisse-moi tranquille !

Voilà, c'est comme ça toute la journée ! La composition n'est que demain, mais, dame, il fallait qu'elle s'avance puisque, aujourd'hui, c'est à son tour de diriger la maison. Au fond, je crois qu'elle n'en a plus envie du tout ; je lui ai offert de la remplacer, mais elle a refusé net : forcément, après la scène qu'elle a faite à maman, elle ne peut plus revenir en arrière, et c'est ce qui la rend furieuse !

Quant à Riquet, après le déjeuner, il est venu s'asseoir sur mes genoux, comme il le fait avec maman quand il a de la peine, et voilà, il avait eu deux mauvais points parce qu'il avait déchiré son atlas.

— Et c'est pas moi, c'est Bourrit qui m'avait tiré le bras, exprès pour que la page craque, parce que, ce matin, j'avais pas voulu lui prêter ma grosse bille !

Et là-dessus, une longue histoire de bille reprise et volée à laquelle je n'ai rien compris du tout. Pauvre Riquet, il bafouillait tant il était indigné, et on voyait qu'il avait le cœur gros.

— Bah, ai-je dit, je vais le raccommoder, ton atlas !

Mais il est resté triste, et moi aussi ; à chaque instant, j'ai envie de pleurer et je ne le peux même pas, parce que, dès que je pousse le moindre petit soupir, papa me regarde d'un air inquiet.

— Qu'est-ce que tu as ? Tu ne vas pas pleurer, toi, ma Liline, qui es toujours de si bonne humeur ?

Et je devine qu'il m'en veut un peu à l'avance. Alors, c'est entendu, je serai de bonne humeur ! De temps en temps, seulement, je cours chez Violette et je lui raconte tout, pour me soulager ; elle ne sait pas trop quoi me répondre, mais au moins, elle m'écoute, et c'est déjà ça.

Et puis, voilà qu'hier, nous allions sortir, papa et moi, quand M. Copernic entrouvre sa porte et nous fait signe d'entrer chez lui. Papa hésitait, mais je l'ai poussé par-derrière, et nous nous sommes assis tous les trois autour de la table rouge.

M. Copernic nous souriait, s'agitait sur sa chaise, toussotait avec embarras.

— Je viens d'apprendre, a-t-il dit enfin, que vous avez eu un grand malheur, monsieur Dupin. Je sais ce que c'est, j'ai perdu ma femme, il y a plus de trente ans ; eh bien, maintenant encore, voyez-vous, chaque fois qu'on sonne à ma porte — on y sonne rarement, il est vrai –, oui, chaque fois, je me dis : « C'est elle. » Alors, je comprends.

Sa voix tremblait. Moi, en général, je n'aime pas que les grandes personnes soient émues, ça me gêne pour elles et je leur en veux presque. Mais là, non. Ça vient peut-être de ce que M. Copernic a si peu l'air d'une grande personne ; on a toujours l'impression qu'il pourrait faire encore un tas de choses de quand il était petit, comme, par exemple, jouer à la marelle ou bien tricher au nain jaune. Mais juste au moment où je le croyais triste, il s'est mis à rire, tout à coup.

– Heureusement, il y a les enfants... la musique... Tenez, voulez-vous que je vous joue quelque chose ?

Papa a d'abord refusé : cela lui serait pénible, très pénible, d'écouter de la musique, le jour où l'on enterrait son frère. M. Copernic a bondi de sa chaise.

– Mais il y a musique et musique !... Il y a celle qui vous faisait danser à la fête de maman Petiot, et puis il y en a une autre !... Écoutez !

Il a saisi son violon, il s'est mis à jouer. Alors, je ne sais pas ce qui m'a pris, non, vraiment, je ne le sais pas. C'étaient des sons pas du tout comme d'habitude, bien plus longs, bien plus profonds. J'avais mis ma main dans celle de papa, je pensais à maman, à Riquet, à tante Lotte et, tout à coup, je me suis sentie si forte, si courageuse que j'en aurais pleuré. Qu'il y ait des choses comme ça qui puissent vous faire tant de bien, simplement parce qu'elles sont belles, ah, tout de même ! Ça montait, ça redescendait, et moi avec, si bien que, lorsque le violon s'est tu, il m'a semblé que je tombais, et je devais faire une drôle de figure, parce que papa m'a regardée avec inquiétude.

— Qu'est-ce que tu as ? Tu parais bizarre !... Tu n'as pas mal au cœur, au moins ?

J'ai fait non avec ma tête, je n'aurais pas pu parler. M. Copernic, lui, ne disait rien, mais il y avait du bonheur dans ses yeux, et quand je me suis tournée vers lui, j'ai bien vu qu'il m'avait comprise. C'est étrange de connaître si peu quelqu'un et de se sentir si près de lui, brusquement.

La nuit, j'ai fait un rêve : je me trouvais avec Estelle au milieu du département des Alpes-Maritimes et, par terre, c'était rose, comme sur les cartes. Au loin, il y avait une ville, pareille à un gros point noir, et il en sortait de longues files de gens qui passaient devant nous, en silence. Estelle comptait à haute voix :

– 180 000 Niçois, 180 001... 180 002... Mais ça n'ira jamais jusqu'à 214 416, voyons, je me suis trompée, j'aurai zéro !

Sa voix devenait de plus en plus perçante, elle remplissait tout le département, et moi, j'en avais les oreilles cassées... Et puis, soudain, les gens se mettaient à chanter un chant si fort, d'une voix si belle, que le reste n'importait plus.

– Tais-toi donc, disais-je à Estelle, laisse-moi écouter !

Mais elle répétait :

– J'aurai zéro... zéro... zéro...

Tant et tant de fois que j'ai fini par me réveiller. Et c'était vrai, Estelle le disait bien, en agitant ses bras dans tous les sens ; je l'ai secouée, elle a poussé un soupir.

– Ah ! ce n'était qu'un rêve... Mais non, mais non, je ne les sais plus, les Alpes-Maritimes... leurs sous-préfectures, je ne les sais plus... je ne sais rien !

– Si, si, ai-je dit, tu vas voir !

J'ai couru regarder dans sa géographie, et c'était Grasse et Puget-Théniers. Alors elle s'est rendormie, mais pas moi. Je suis restée sans bouger, les yeux ouverts, à regarder le jour se lever derrière les volets qui faisaient ti-toum et à entendre le chant des hommes ; si bien qu'à la fin, j'en ai eu assez et… Allons, bon, le réveil sonne ! Je cours me débarbouiller, sinon, Estelle me prendra encore mon tour !

Mardi soir.

Au courrier de trois heures, une lettre de maman. Mme Misère me l'a donnée à mon retour de l'école, et j'ai couru la porter à papa, chez M. Martinet. C'était tout juste quelques lignes que maman avait écrites dimanche :

« *Bien arrivée. La pauvre Lotte est très malade. Je me sens loin de vous tous…* »

« Je me sens loin de vous tous. » Maman, chère maman.

— Alors, comment ça va-t-il ? a demandé M. Martinet.

— Hé, a dit papa, comme ça peut aller !

Et il s'est remis à raboter sa planche, après avoir rangé la lettre, très soigneusement, dans son portefeuille.

Quant à moi, je suis rentrée aussi vite que je l'ai pu, et j'ai bien fait, parce que Riquet me guettait sur le palier, seul, tout triste :

— Oh, te voilà. Je veux mon goûter, Liline !

— Eh bien, et Estelle ? Elle ne pouvait pas te le donner ? C'est son jour !

Il a montré du doigt la porte de la chambre.

— Chut !... Elle a dit qu'il ne fallait pas la déranger.

J'ai compris : la composition ! Ah, cette Estelle, elle est enragée avec ça... Surtout qu'à midi, ce n'est pas l'histoire des crêpes qui a arrangé les choses ! Moi, d'abord, je trouve qu'elle n'aurait pas dû les faire, ces crêpes ; maman ne l'avait pas dit, elle avait mis pour aujourd'hui : *bifteck ; pommes de terre frites ; salade d'endives*.

Mais mon Estelle avait les crêpes en tête et, dès qu'elle a été revenue de l'école, elle est redescendue en courant au marché, avec les dix francs que papa lui avait donnés ce matin.

Une fois remontée, elle s'est enfermée dans la cuisine. Je tape à la porte.

— Veux-tu que je t'aide ?

— Non, non !

— Que je mette la table ?

— Pas du tout, c'est mon jour !

Comme ça jusqu'à midi. Alors, papa rentre.

— Eh bien, Liline, la table n'est pas encore mise ?

Il a bien fallu que je lui explique. Papa s'est précipité à la cuisine et j'ai aperçu, au milieu d'un nuage de fumée, Estelle, écarlate, secouant sa poêle.

— Pouah, quelle odeur ! Et alors, cette table ?

— Je viens, je viens !

Elle met la table d'un air si solennel, que, Riquet et moi, nous riions sous cape. Mais papa commençait à s'énerver,

— Alors, ça y est ? Il est une heure moins dix !

Sans répondre, Estelle nous fait signe de nous asseoir, apporte des radis étalés sur un grand plat, repart à la cuisine et en revient bientôt avec la suite : les crêpes !... Riquet bat des mains, papa ouvre des yeux ronds.

— Mais c'est le dessert !... Et la viande ? Et les légumes ?

— Tiens, fait Estelle d'une voix pointue, avec dix francs, on ne peut pas tout avoir !

Et, là-dessus, elle explique :

Cinq œufs à 0,35 F	1,75 F
Un kilo de farine	1,80 F
Un litre de lait	0,90 F
1/2 livre de beurre	2,93 F
En tout	7,38 F

Plus les radis : 0,60 franc, et le pain : 0,75 franc ; enfin, il lui reste 1,27 franc, et elle n'a encore rien acheté pour le dîner.

— Seulement, a-t-elle ajouté, vous allez vous régaler, il y a quatre crêpes pour chacun !

Papa a donné un grand coup de poing sur la table, si fort que nous avons tous sauté en l'air.

— Quatre crêpes ! quatre crêpes ! Tiens, j'ai envie de les envoyer au plafond, tes quatre crêpes ! Non, a-t-on idée d'un déjeuner pareil : quelques radis et du dessert ?

— Mais c'est très bon !

— *C'est très bon* (il imitait Estelle). Et ce que t'a dit ta mère, qu'est-ce que tu en fais ?

Estelle a haussé les épaules.

— C'est moi qui dirige, aujourd'hui !

Pang, une gifle ! Et, tandis qu'elle fond en larmes, arrive de la cuisine une odeur de brûlé...

— Mes crêpes ! s'écrie la pauvre Estelle.

Trop tard ! Elles étaient déjà noires, toutes racornies.

— Bah, dis-je pour arranger les choses, il en restera bien assez, avec celles qui sont déjà sur la table !

Chacun se sert, on goûte… horreur… c'était tellement salé que ça emportait la bouche et que nous avons dû tout recracher ! Voilà papa furieux, Estelle qui répète, effondrée :

— Je ne sais pas comment ça se fait… Je ne sais pas comment ça se fait…

Pendant ce temps-là, je vais sans bruit dans la cuisine et je prépare à la hâte un grand plat de frites. Cette fois, papa s'est calmé, mais Estelle était blanche de rage ; quand papa a été parti, elle n'a jamais voulu faire la vaisselle et, à quatre heures, elle m'a déclaré qu'elle ne s'occuperait plus de rien du tout, puisque « c'était comme ça ». J'ai protesté, elle a gémi de plus belle et, finalement, elle m'a tant apitoyée avec sa composition qu'elle ne savait pas et tout le mal qu'elle s'était donné « pour recevoir une claque » que j'ai cédé ; je la remplace et lui ai promis, en plus, de lui faire réciter ses départements.

Alors, elle m'a sauté au cou.

— Merci, merci, ma petite sœur chérie !

Et de m'embrasser à m'étouffer, et de me donner sa belle gomme bleue toute neuve. C'est très bien, mais moi, j'ai un travail fou : ma rédaction pour demain, le dîner, les chaussettes à repriser, Riquet qui ne sait pas faire son verbe, Estelle et sa composition. À propos... j'en ai fait une ce matin, en calcul, mais elle est ratée, ratée... Comment voulez-vous que je m'intéresse à deux fontaines qui coulent et aux intérêts composés quand j'ai la tête pleine de tant de choses ? J'ai tout mis faux, j'en suis sûre, mais, comme le dit Estelle, ça n'a pas tant d'importance pour moi que pour elle, puisque je ne suis jamais première.

Mercredi 24 mars, midi.

Je suis avant-dernière en calcul, oui, oui, trente-troisième sur trente-quatre, derrière la grosse Carmen, derrière Marie Collinet, derrière toutes les autres, sauf Lulu Taupin qui avait remis sa feuille blanche.

— Tu traverses une mauvaise passe, Aline, m'a déclaré Mlle Délice, il faudrait te secouer un peu.

J'ai baissé la tête. Comment lui expliquer ? Ce n'est pas commode de se plaindre !...

Papa, quand je lui ai dit ma place, a commencé par se fâcher.

— Tu n'as pas honte !

Mais il s'est repris tout de suite.

— Combien étais-tu, la fois d'avant ?

— Quatorzième.

— Eh bien, au prochain trimestre, tu seras seconde, tu verras... tout ira bien... maman sera là !

Oui, oui, maman sera là, maman revient demain matin, au train de 8 heures 22. Quel bonheur ! Papa a demandé un congé, exprès pour aller la chercher à la gare, et même, il a dit qu'en revenant, il achèterait un gâteau à la crème. On dansait de joie, Riquet et moi, mais pas Estelle ; elle restait là, morne, un vrai bonnet de nuit, tout ça parce que, à la composition de géographie, ce matin, elle ne s'est pas rappelé le Cantal. Le beau malheur, comme s'il n'y avait que les compositions, dans la vie ! Mais, pour elle, on dirait que si.

3 heures.

Maman a écrit, elle ne revient pas. Oh mais, voyons, ce n'est pas possible ! Papa est là, assis devant la table, à tourner et à retourner la lettre entre ses doigts et à en parler avec maman Petiot.

Et puis, moi, d'abord, je n'en veux pas, de tante Mimi ! Elle ne pouvait pas se débrouiller autrement, tante Lotte ? Et le gâteau à la crème ? Et demain matin ? Et vendredi, samedi, dimanche ?

Qu'est-ce qu'on va faire, mais qu'est-ce qu'on va faire pendant ces six semaines ?... Parce que voilà ce qu'elle dit, maman : elle dit que la pauvre tante Lotte n'a pu ni manger ni dormir, depuis que le malheur est arrivé ; aussi, elle est couchée, toute maigre et toute pâle.

« *Ce matin*, ajoute maman, *elle a eu une crise terrible : imagine-toi, Fernand, qu'elle voulait aller se jeter dans la mer avec ses petits ! "C'est ce que j'ai de mieux à faire", répétait-elle. Et elle me battait, elle me griffait, parce que je la retenais. Affolée, j'ai appelé le médecin qui lui a fait une piqûre calmante. "C'est un accès de dépression nerveuse, dû au choc qu'elle a subi, a-t-il déclaré ; rien de grave, cela passera, mais il ne faut absolument pas qu'elle reste seule. Y a-t-il quelqu'un qui puisse venir s'installer auprès d'elle pendant quelques semaines ? – Personne ! a crié tante Lotte, je ne veux que Minette, Minette, Minette !" J'ai tiré le docteur à l'écart. "Mais on m'attend à Paris, docteur, mon mari, mes enfants..., je devais rentrer jeudi et… et… qu'arrivera-t-il, si je pars ? – Hélas madame, je ne réponds de rien !"*

Alors, conclut maman, *que voulais-tu que je fasse, mon pauvre Fernand ? Les emmener tous les six à Paris ? Impossible ! Dieu sait si je vais être malheureuse, loin de vous, et si ce sera dur, mes chéris, pour vous comme pour moi. Mais je n'ai pas le droit d'abandonner Lotte.* »

Elle dit encore que ce sera l'affaire d'un mois et demi, et comme, en attendant, nous ne pouvons pas rester sans personne, c'est là qu'elle propose de demander à tante Mimi de venir, avec un tas de recommandations sur le ménage qu'il faudra faire à fond « *afin que tout soit en ordre avant que Mimi arrive, car tu connais ses habitudes* ».

Oh ! nous avons protesté, et je crois que papa était plutôt de notre avis, mais la lettre de maman l'avait laissé tellement désemparé qu'à vrai dire, il ne savait pas trop ce qu'il voulait et ce qu'il ne voulait pas.

Finalement, il a été chercher maman Petiot qui a commencé par dire qu'il n'y avait besoin ni de tante Mimi ni de tante Lulu ou Nénette, qu'elle nous aiderait, que j'étais « très entendue ». Mais papa a relevé brusquement la tête.

– Non, maman Petiot, vous avez assez à faire chez vous, et les petites, avec leur travail d'école, ne peuvent pas continuer comme ça ; regardez la mine d'Aline !… Non, non, il faut que Mimi vienne, c'est d'ailleurs ce que ma femme désire.

Maman Petiot a haussé les épaules.

– Eh, comme vous voudrez… D'un certain côté, c'est peut-être plus raisonnable, en effet, mon pauvre monsieur Dupin !

Et papa va écrire. Nous sommes tristes, tristes. Ce n'est pas tant à cause de tante Mimi, mais maman, maman qui devait revenir…

Jeudi 25 mars, 2 heures.

Tante Mimi a télégraphié, elle arrive ce soir.

— C'est très généreux de sa part, a déclaré papa, et j'espère que vous serez sages, pour l'en remercier... Maintenant, vite, mettez tout en ordre, mes chéries... Vous savez ce qu'a recommandé maman !

Quel travail !... Ah, on peut dire qu'il est fait à fond, le ménage ! Tout le monde s'y est mis : Estelle, moi, maman Petiot, Violette, et même Mme Misère qui est descendue battre le tapis de la salle à manger dans la cour. C'est vrai que, forcément, tout était un peu négligé depuis dimanche, surtout que le poêle fait une poussière !... Pendant que Violette et moi nous frottions les parquets à en avoir les mains en feu, Mme Petiot lavait les carreaux et Estelle astiquait les casseroles en grognant tant qu'elle pouvait, bien sûr !... Et chacun se renvoyait Riquet qui allait du parquet aux carreaux et des carreaux aux casseroles, sans savoir où poser ses pieds.

— Veux-tu t'enlever de là... de là... de là... Si tante Mimi te voyait !

Enfin, à midi, tout était fini, sauf le napperon rose du buffet que maman Petiot a emporté pour le laver, d'ici ce soir.

Résultat : ça empestait l'encaustique et, quand papa est rentré pour déjeuner... plouf, au premier pas qu'il fait, il tombe assis par terre, tant ça glissait.

— Je vois que vous avez bien frotté le parquet ! a-t-il déclaré d'un air satisfait.

Ce qui nous a fait rire !... Et il ajoute :

— Avez-vous lavé l'armoire ?

— Mais une armoire ne se lave pas, papa, on l'astique !

— Ah oui... et... et les chaises ? Et les couverts ?... C'est pour maman que je dis ça !

Pauvre papa, lui qui ne s'occupe jamais de rien à la maison ! Nous nous sommes jetés dans ses bras en riant, et il a fini par rire avec nous, en disant que tout lui paraissait merveilleux !

Pour ce soir, le menu est prêt : soupe aux poireaux, œufs sur le plat et nouilles, parce que je suis sûre de ne pas les manquer. Et maintenant, vite, ma vaisselle, et puis… et puis… ah, ma petite maman !

Vendredi soir 26 mars.

Eh bien, elle est très gentille, tante Mimi ! À peine arrivée, hier soir, elle nous a offert un cadeau, un vrai cadeau pour nous trois ! Ça ressemble à un jeu d'oie, mais c'est un voyage en Europe : Paris-Madrid en 60 points, par exemple, et tout comme le jeu d'oie, sauf que, quand on tombe dans un fleuve, on reste trois tours sans jouer : « Le temps de nager jusqu'au bord », dit papa. Estelle a gagné une fois, moi une autre, mais Riquet se trompait tout le temps en comptant.

— Tu ne me parais pas très fort en calcul, a remarqué tante Mimi.

— Ça non ! a-t-il répondu avec élan.

— Eh mais, on dirait qu'il en est fier !

Le dîner était très réussi, les nouilles peut-être pas tout à fait assez salées, mais, comme dit tante Mimi, « il vaut mieux pas assez que trop, c'est plus facile à réparer ! » Tout cela avec un sourire très gentil. La seule chose, c'est qu'elle trouvait tout le temps que ça sentait le gaz, et elle nous a bien envoyées dix fois à la cuisine, Estelle et moi, pour voir si les robinets étaient fermés.

Nous revenions :

— Oui, tante Mimi, ils le sont.

— Tiens, c'est bizarre (elle fronçait le nez), j'aurais juré que ça le sentait… Cela vient peut-être du tuyau… je verrai demain…

Papa lui a parlé de tante Lotte et il lui a lu ce qu'en dit maman ; on voyait que ça l'impressionnait beaucoup et, quand papa en est venu au moment où tante Lotte veut se jeter à la mer, elle s'est mise à pousser de petits cris.

— Oh, Fernand, assez, assez… je sens que je ne vais pas dormir de la nuit !… Depuis la mort de mon pauvre Henri, c'est ainsi, je ne peux plus rien apprendre de triste sans que ça me mette sens dessus dessous. J'en ai trop vu, trop vu, j'ai eu ma part !

Et elle a raconté à papa toute la maladie de l'oncle Henri. J'entendais seulement papa qui répétait doucement : « Oui… oui… oui… » comme lorsqu'il ne fait pas bien attention, et, quand je suis revenue de laver les verres, il m'a jeté un regard si lamentable que j'ai dû me tenir à quatre[1] pour ne pas sourire.

— Eh bien, a demandé brusquement tante Mimi, qu'est-ce que vous en pensez, Fernand ?

— M... moi ? a fait papa en sursautant, mais... rien du tout... ou plutôt si... c'est très bien !

Tante Mimi s'est redressée tout d'une pièce.

— Très bien, que cet individu m'ait appelée : « Vieille péronnelle » ?... Dites donc, vous en avez de belles !

Papa a balbutié je ne sais quoi, qu'il voulait dire « très mal », et non pas « très bien », mais, au milieu de sa phrase, il s'est mis à bâiller, à bâiller...

— Je vois, a dit tante Mimi en le regardant, vous tombez de sommeil, tout simplement !... Moi aussi, d'ailleurs... À propos, où est mon lit ?

Le lit ! Et voilà, personne n'avait pensé au lit, personne !... Papa était désolé.

— Mimi, excusez-les, excusez-moi, mais c'est à cause de tout le ménage qu'il a fallu faire à fond !

— Et pourquoi à fond ? En mon honneur ?

---

1. *Se tenir à quatre* : se maîtriser avec peine, pour ne pas rire, se mettre en colère, etc.

— Non, non, c'est... c'est toujours comme ça le vendredi. Oui, un hasard... et... tout est si compliqué !

— Je m'en aperçois, a déclaré gaiement tante Mimi, mais ne vous tourmentez pas, nous allons arranger ça en un clin d'œil.

Et elle a tout organisé : Estelle et moi, nous coucherons dans notre chambre, comme d'habitude, Riquet avec papa, et tante Mimi, dans le lit de Riquet.

— Non, a dit papa, prenez plutôt ma chambre, Minette serait fâchée de vous savoir si mal installée.

Mais plus il insistait, plus tante Mimi secouait la tête d'un air gentiment obstiné, et ça s'est fait comme elle le voulait. On a seulement changé les draps du divan : le premier avait un petit trou, mais le second était excellent, et tante Mimi a mis l'autre de côté pour le raccommoder demain. Riquet, lui, était ravi, et nous l'entendions de notre chambre qui riait tout bas avec papa. C'est lui qui a le plus de chance, là-dedans !

Mais c'est évidemment tout à fait bien de la part de tante Mimi, d'avoir choisi le lit le moins bon !

Mardi 30 mars.

Je n'ai pas eu le temps d'écrire ces jours-ci, parce qu'il a fallu que je rattrape mon travail en retard de la classe. Et puis, j'aide tante Mimi autant que je peux, et c'est effrayant ce qu'il peut y avoir à faire dans un appartement, quand on veut que tout soit bien nettoyé ; on n'arrête pas, et tante Mimi s'en donne un mal, cirant, frottant, trottant, lavant, sans jamais s'asseoir une minute, sauf pour manger.

– Eh bien, elle fait des pas, votre tante ! m'a dit Mlle Noémie qui habite juste en dessous, et on voyait que ça l'agaçait un peu.

Mais, par exemple, tout brille, tout est propre, le tuyau à gaz est remplacé, il y a du papier neuf dans les placards, le poêle sent le vernis très fort et chaque chose est en ordre : les petites cuillers à côté des grandes, le linge de Riquet en bas de l'armoire, et celui de papa sur la planche la plus haute, si bien que nous perdons un temps fou à chercher le moindre objet et que papa, hier, en voulant prendre du sucre à tâtons dans le buffet, a enfoncé sa main presque entière dans la confiture de groseille. Mais il ne dit rien ; je crois qu'il n'ose pas. Tante Mimi est d'ailleurs aux petits soins pour lui ; dès qu'il rentre, elle lui avance son fauteuil et, sans lui laisser le temps d'ouvrir le journal, commence à lui parler « pour le distraire ».

– Oui, oui, dit papa, bien sûr…

Et il essaie de lire un titre, mais tante Mimi lui prend la main.

– Comme vous voilà silencieux, Fernand ! Vous êtes fatigué ? Vous avez mal à la tête ?

– Mais non, Mimi.

– Ça n'a pas marché chez Martinet ?

– …

– Alors, c'est encore la mort de votre pauvre frère. Que voulez-vous, mon ami, il faut vous faire une raison, nous sommes tous mortels, et puis, lui, il est bien tranquille ; les soucis sont pour ceux qui restent, je suis payée pour le savoir !… Mais, écoutez, si vous preniez un fortifiant, tenez… des pastilles White ?

Papa assure qu'il va très bien, qu'il n'a besoin de rien, mais, le soir, il trouve à sa place une boîte de pastilles White. C'est vraiment gentil, très gentil, et nous sommes bien soignés, on peut le dire : ainsi, à chaque déjeuner, tante Mimi ajoute un plat qu'elle paie avec son propre argent ; une fois, des sardines, une fois, des carottes râpées, et puis encore des sardines. Évidemment, au bout d'un moment, on doit commencer à en avoir assez, surtout Riquet qui n'aime pas les sardines, et il a bien essayé de refuser, mais tante Mimi le sert d'autorité, et il paraît que c'est tellement nourrissant. Alors, on se bourre, on se bourre au point que, quand arrive le dessert, on ne peut presque plus manger.

Et puis, en plus, on se met à table à midi un quart exactement ; tante Mimi y tient beaucoup.

— Si l'un de vous arrive en retard, tant pis pour lui, on ne l'attend pas, a-t-elle déclaré dès samedi dernier.

Papa s'est tourné vers nous.

— Vous avez entendu, les enfants, soyez à l'heure !... Votre tante a déjà bien assez à faire, sans que vous lui compliquiez les choses.

— Oui, oui, papa, c'est promis !

Et, à midi un quart tapant, le lendemain, nous étions à table, tous les trois, la serviette au cou. Tante Mimi arrive avec les sardines.

— Voilà qui est parfait... Mais... et votre père ! Fernand ! hé, Fernand !

Pas de réponse. Nous appelons, nous cherchons partout.

— Euh, dit Estelle, il est peut-être descendu acheter le journal ; ça lui arrivait souvent, avec maman !

Tante Mimi a hoché doucement la tête, on a mangé les sardines, et c'est seulement après le bifteck que papa est arrivé, tout souriant, tout tranquille, son journal déplié à la main.

— Tiens, vous déjeunez déjà ?

Mais aussitôt, il s'est rappelé et il est devenu tout rouge.

— Oh, Mimi, pardonnez-moi ; je n'avais pas oublié, vous le pensez bien, mais il y avait un tel encombrement dans la rue... C'est effrayant, cet encombrement qu'il pouvait y avoir !

— Écoutez, a dit tante Mimi, vous feriez mieux d'avaler votre sardine, avant que le bifteck soit complètement froid !

Papa s'est assis, très penaud, mais, après le dessert, il m'a prise à part.

— Sois gentille, Liline, et, demain, rappelle-moi cette histoire de midi un quart !

C'est ce que j'ai fait ; depuis, il est à l'heure, et il faut reconnaître que c'est plus pratique pour le service... mais... voilà, j'aimais mieux avant, quand papa disait :

— Eh bien, Minette, et ces moules ? Il est près d'une heure, tu sais ?

Et que maman répondait :

— Oh ! Fernand, ta montre avance, sûrement !

Ou bien quand maman se désolait parce que le poêle ne tirait pas, comme ce matin où nous avions reçu des gifles à cause du vase d'Estelle. Parlons-en de ce vase, il a provoqué une belle scène !

Voilà qu'en rentrant de l'école, samedi soir, Estelle aperçoit son vase sur la cheminée de la salle à manger. Elle pose son cartable et court le remettre en grommelant sur la table de toilette. Mais lorsque, après avoir goûté, nous revenons de la cuisine, le vase est à nouveau sur la cheminée...

— Ça, s'écrie Estelle, c'est un peu fort !

Et elle s'apprêtait à l'enlever quand tante Mimi surgit de chez papa, son tricot à la main.

— Ma petite, dit-elle de sa voix tranquille, fais-moi le grand plaisir de remettre ce vase à sa place.

— À sa place ?... proteste Estelle, mais c'est justement ce que je suis en train de faire, parce que sa place, elle est sur la toilette, et le vase est à moi, je l'ai gagné, demande à Aline !

— Bien sûr, dis-je, et...

Tante Mimi me coupe la parole.

— Entendu, mais cela n'empêche pas qu'on n'a jamais vu un vase à fleurs à côté d'une cuvette. Et je te prie de m'obéir.

— Maman m'a permis !

— Tu m'as comprise, Estelle ?

Pfft... Estelle, son vase dans les bras, s'élance vers notre chambre ; tante Mimi la rattrape, saisit le vase auquel Estelle s'agrippe, les yeux brillants, furibonde. L'une tire, l'autre secoue et... patatras... le beau vase tombe par terre, en miettes, avec un bruit de verre cassé.

— Oh ! s'écrie Estelle, et elle court s'enfermer chez elle où on l'entend pleurer, pleurer.

Tante Mimi n'a rien dit, elle a seulement balayé avec soin tous les morceaux du vase, et puis elle est descendue faire une course. Le soir, en se mettant à table, que trouve Estelle, à côté de son assiette ? Un vase en cristal, tout cerclé d'or, magnifique... Elle a eu un petit sursaut et, après un moment de silence, elle a murmuré tout bas : « Merci. » Tante Mimi a secoué la tête :

— Ce n'est rien, ma petite fille, tu vois que tout s'arrange... Et veux-tu avoir la gentillesse de le mettre sur la cheminée ?

Il y a eu un nouveau silence ; Estelle regardait tante Mimi, tante Mimi regardait Estelle, elles étaient aussi froides et raidies l'une que l'autre. Et puis, soudain, Estelle a haussé violemment les épaules et a été poser le vase sur la cheminée, sans plus rien dire. Mais elle n'a pas desserré les dents de tout le dîner, et le soir, dans notre lit, elle m'a répété au moins vingt fois qu'elle détestait tante Mimi et qu'elle souhaitait de tout son cœur qu'elle attrape le « béribéri » (une maladie qu'elle a apprise en sciences). Avec moi, elle est pleine de tendresse, elle m'embrasse avant de s'endormir. C'est parce que maman lui manque et qu'elle a besoin que je l'aime bien ; mais ça me fait plaisir.

Quant à tante Mimi, elle observe Estelle avec un petit sourire amusé, ce petit sourire qu'elle a toujours, quoi qu'il arrive, et qui fait qu'on ne sait jamais ce qu'elle pense, et elle ne lui parle presque pas.

Jeudi soir, 1er avril.

Je suis un peu inquiète au sujet de Riquet. Comment faire ? et à qui en parler ?

Voici ce qui s'est passé. Il faut dire d'abord que tante Mimi a fait la connaissance des gens de la maison ; sa préférée, c'est Mme Misère, et elle passe des quarts d'heure entiers dans la loge à lui donner des tas de conseils sur la manière de frotter l'escalier ou de réussir la mayonnaise ; mais, par contre, elle ne peut pas souffrir les Petiot, qu'elle juge bruyants et vulgaires.

— C'est à cause de leur radio que vous dites cela ? a demandé papa après le déjeuner, pendant que Riquet était descendu acheter un paquet de lessive ; mais du moment qu'elle ne nous gêne pas !... Et puis, maman Petiot, il faut la connaître, elle est peut-être un peu exubérante, mais c'est un cœur d'or.

— Et Violette, donc ! ai-je ajouté avec élan.

Tante Mimi a hoché la tête.

— C'est possible, Fernand, très possible, mais vous avouerez qu'on n'entend qu'eux dans la maison, et quant à leur Armand, c'est un franc voyou, d'après ce que m'a raconté Mme Misère.

— Elle a raison, s'est écriée Estelle, et je l'ai toujours pensé, moi !

Je lui ai donné un bon coup de pied sous la table pour la faire taire. Quelle menteuse, elle qui trouve toujours, au contraire, qu'Armand est bien plus agréable que Violette ! Mais voilà, il faut qu'elle fasse sa dame d'expérience, et comme c'est gentil d'aller critiquer ses amis derrière leur dos ! Aussi, papa lui a fermé la bouche.

– Toi, finis de manger ta pomme, hein, on ne te demande pas ce que tu penses.

Estelle a pris un air de martyre en me glissant un regard en dessous, et papa s'est retourné vers tante Mimi.

– Mme Misère n'est pas toujours très bonne langue, il ne faut pas trop vous fier à elle, Mimi, et, pour ce petit, il a des qualités : intelligent, généreux…

Au même instant, on entend des cris, papa court ouvrir et la concierge apparaît, hors d'elle, le chignon défait, avec, derrière elle, Violette qui faisait une drôle de mine.

– Venez voir, non mais, venez voir, madame Mimi, ce que m'a fabriqué ce brigand d'Armand !

Nous nous précipitons sur le palier et nous trouvons le mur tout couvert de bonshommes dessinés au crayon bleu ! Il y en a de toutes sortes : des grands, des maigres, un petit gros qui fait la culbute, un autre qui brandit un drapeau, et ils dansent ainsi la farandole du haut en bas de l'escalier.

— Eh bien, remarque froidement tante Mimi, qu'est-ce que vous disiez donc, Fernand, à propos de ces belles qualités ?...

— Euh, a répondu papa, un peu gêné, évidemment, ce gamin exagère... Et où s'est-il donc fourré ?

Mme Misère montre Violette.

— Eh, demandez-le-lui donc, à cette bécasse, elle jure ses grands dieux qu'elle n'en sait rien.

— Et c'est vrai, gémit Violette, papa et maman sont allés faire réparer la radio, et Armand, Armand, je ne l'ai pas vu du tout !

Elle renifle, mais, en même temps, elle me lance un regard de coin et pointe doucement son petit doigt vers le renfoncement où on met les balais. Et qu'est-ce que je vois là ? Une galoche, un bout de mollet qui dépassent : Armand... Je pousse le coude d'Estelle.

— Oui... oui... chuchote-t-elle, il mériterait bien qu'on le dénonce !

Un éternuement sonore l'interrompt. Qui donc a éternué ? Aucun de nous, sûrement ! Le regard de tante Mimi se pose sur le renfoncement.

— Cela vient de là, il me semble...

— En effet, s'écrie Mme Misère, ce n'est pourtant pas un de mes balais !... Oh mais ! oh mais !

Elle s'élance et réapparaît presque aussitôt, traînant par le bras Armand tout gigotant, couvert de poussière et de brindilles, tandis que, derrière lui, les balais dégringolent à grand bruit.

— Attends un peu, vaurien ! bandit ! polisson !

À chaque mot, elle le secoue d'importance et, à « polisson », elle lui tire les oreilles.

— Oh, madame Misère, supplie Violette, de sa voix douce, laissez-le, laissez-le, je vous en prie, il ne le fera plus jamais !

Soudain, j'aperçois Riquet qui grimpe l'escalier quatre à quatre, son paquet de lessive à la main.

— Riquet, eh bien, si tu savais !

— Oh ! chuchote-t-il, je suis au courant. Descends donc un peu, Liline.

Et il me raconte, en étouffant de rire, qu'il a surpris Armand, tout à l'heure, en train de dessiner ses bonshommes.

— Et tu ne lui as rien dit ?

— Si, je lui ai dit : « Ils sont tordants », et après avec mon crayon noir, j'en ai fait un aussi, un beau ! Tu veux le voir ? C'est Gabriel. Il en a une tête !

— Non, dis-je sévèrement, je ne verrai rien, et tu vas l'effacer tout de suite, tu m'entends ? C'est très mal, Riquet, tu n'as pas honte ? Et si maman savait ça, hein ?

— Mais puisque Armand le faisait bien !

— Armand a eu tort. D'ailleurs, ils lui coûtent cher, ses dessins ! Tu en veux peut-être autant ?

Là-dessus, il a cessé de rire et m'a suppliée de ne rien dire, en me jurant qu'il ne recommencerait pas… et il me couvrait de baisers.

— Eh bien, crie papa, où es-tu donc, Liline ?

J'entraîne Riquet, mais quelqu'un nous rattrape : c'est maman Petiot, rouge d'avoir monté trop vite. À la vue de la concierge qui secoue toujours Armand, elle s'arrête, indignée.

— Dites donc, voulez-vous bien lâcher mon garçon ?

— Le lâcher ? glapit Mme Misère. Bien sûr que je ne vais pas le lâcher, misère ! Vous ne voyez donc pas ce qu'il a fabriqué ici… là… sur ma peinture verte toute fraîche ?

Mais maman Petiot ne daigne même pas regarder.

— N'empêche que je vous défends de toucher au petit, en voilà des manières !

Elle tire vers elle Armand auquel Mme Misère se cramponne. Violette crie et supplie, papa hausse les épaules, excédé, tante Mimi répète avec un sourire : « C'est du joli ! », tandis qu'Estelle observe la scène de son air indifférent et que Riquet, tout grimaçant d'excitation, me lance des coups d'œil complices. Quant à Armand, le héros de l'affaire, il se laisse prudemment ballotter comme un sac de pommes et se cache seulement la figure avec ses mains, histoire d'éviter les gifles.

Enfin, Mme Misère bute contre un des balais et manque de tomber par terre, ce dont Mme Petiot profite pour s'emparer de son Armand qui se faufile derrière son large dos, sans demander son reste. Tout le monde est si hors d'haleine qu'on n'entend plus, pendant un moment, qu'un bruit de respirations haletantes.

Maman Petiot essuie avec son tablier son visage trempé de sueur.

— Alors, quoi, que s'est-il passé au juste ?

— Ce qui… s'est… passé ? gémit Mme Misère et, incapable d'en dire davantage, elle montre le mur d'un geste épuisé.

— Oh ! s'exclame maman Petiot, et c'est le petit ?… Le garnement !

Et, faisant soudain volte-face, elle saisit Armand, lui donne une grande claque et, de claque en claque, une correction telle qu'il n'en a peut-être jamais reçu de semblable. Il a beau hurler, rien n'y fait, et il faut avouer qu'il l'avait mérité.

Cette fois, Mme Misère s'est déclarée satisfaite et nous l'avons aidée à nettoyer les murs, à grand renfort de brosses et de chiffons. Mais, depuis lors, papa ne parle plus des Petiot, et tante Mimi a déclaré, sans qu'il proteste, que nous ne jouerions plus avec Armand.

— Tout de même, m'a confié Riquet, je ne peux pas tourner le dos quand je le vois ! Il est gentil, Armand, il me donne des bonbons, et tu reconnaîtras que ses bonshommes étaient rudement bien dessinés !

Je l'ai grondé, je lui ai fait la morale, mais il ne m'écoute que d'une oreille et m'embrasse sans me laisser finir.

À qui demander conseil ?

Papa est déjà si nerveux, je n'ose pas le tourmenter davantage, maman est loin, et tante Mimi… eh bien, je n'ai pas du tout envie d'en parler à tante Mimi. Enfin… Riquet m'a tout de même promis d'éviter Armand et de ne pas l'admirer trop.

Mais je suis ennuyée : est-ce que je n'aurais pas mieux fait de tout dire à papa, pour le portrait de Gabriel ? Comment savoir ? C'est drôle de se sentir si seule, au milieu de tant de gens qui vous aiment bien.

Vendredi 2 avril.

Rien, rien.

Samedi 3 avril.

Hier, au sortir de l'école, Estelle m'attendait, la figure à l'envers.

— Je suis septième en géographie !

— Et après ? dis-je. C'est moi qui serais contente d'être septième !

Mais ça ne l'a pas consolée du tout et, au déjeuner, elle n'a presque pas mangé, tant elle était triste.

— Cette petite fait vraiment trop d'histoires, a déclaré tante Mimi ; a-t-on idée de se mettre dans des états pareils pour une place, qui n'est pas mauvaise après tout !

— Mais, a dit papa en caressant la tête d'Estelle, c'est que, d'habitude, elle est la première de sa classe.

— Oh ! oui, toujours, ai-je crié.

Et nous avons énuméré les succès d'Estelle. Tante Mimi nous écoutait avec intérêt, tout en épluchant son orange.

Quand elle a eu fini :

— Et les autres ? a-t-elle demandé ; Aline... Travaille-t-elle aussi bien ?

Papa a un peu hésité.

— Elle se donne beaucoup de mal.

Son regard s'est posé sur moi, plein de tendresse. Mais je n'ai rien voulu cacher, j'ai raconté mes places, et comment je venais d'être trente-troisième en calcul.

— Pour moi, a ajouté Riquet, ça serait plutôt la même chose, surtout pour le calcul. Oh ! alors, je m'imagine chaque fois que j'ai bien su, et puis non, j'ai pas su. Tiens, l'autre jour, voilà que le maître...

— Bon, bon, fait tante Mimi ; alors, en somme c'est Estelle qui relève le nom des Dupin !

— Oui, oui, avons-nous dit, Riquet et moi, bien que l'idée d'Estelle portant à bout de bras le nom des Dupin m'ait donné grande envie de rire !

Enfin, la pauvre Estelle s'est arrêtée de pleurnicher et, après s'être mouchée très fort, elle a dit d'une voix plaintive :

— Je crois que je mangerai tout de même un peu de fromage...

Depuis, elle est plus aimable avec tante Mimi, pas beaucoup plus, mais un peu tout de même, juste assez pour lui montrer qu'elle lui en veut moins à cause du vase.

— Ta sœur, après tout, serait gentille, si elle n'avait pas cette tête de bois ! m'a dit tante Mimi, pendant que j'épluchais les carottes.

Mais je me suis bien gardée de le répéter à Estelle, à cause de la « tête de bois ».

Le soir, à table, on mangeait ces mêmes carottes, et Riquet les écrasait tant qu'il pouvait avec sa fourchette. Tante Mimi lui tapote la joue :

— Riquet, Riquet, tu te tiens mal ; range-moi un peu tout ça dans le coin de ton assiette.

— Mais il n'y a pas de coin, à mon assiette ! a répliqué Riquet d'un air malin.

Nous nous sommes tous mis à rire.

— Eh, eh, a fait tante Mimi, tu n'es peut-être pas très fort en calcul, mon garçon, mais tu connais ta géométrie !

Je crois bien que Riquet n'avait jamais entendu ce mot-là, mais il était si flatté du compliment qu'il a sauté au cou de tante Mimi.

— Voyons, a-t-elle dit, attendrie, ce n'est pas possible que, futé comme tu l'es, tu ne puisses pas décrocher une bonne note !... As-tu une leçon de calcul pour demain ?

— Oh ! oui, la table des 8 et des 9.

— Eh bien, écoute-moi, mon garçon : si tu reviens avec un 10, je te donnerai une récompense.

Riquet a bondi en l'air, si bien qu'il en a renversé sa chaise.

— Merci, merci, ma petite tante, tu verras comme je l'aurai, mon 10 !

Sans même manger tout son dessert, il s'est plongé dans son livre et, comme j'avais été me coucher tout de suite parce que j'avais mal à la tête, il est venu se blottir dans mon lit :

— Tu veux me faire réciter, Liline ?

Et il a tout dit, sans aucune faute. Il était rouge de joie.

— Qu'est-ce que tu crois que j'aurai comme cadeau, hein ? Si c'était un train rouge, comme celui de Gabriel, mais avec un fourgon, alors, et un tunnel ? Je le montrerais aux camarades, mais ça, défendu de jouer avec sans ma permission !...

Oh ! Liline, si je faisais tout de suite de la place dans ma caisse à jouets, pour l'y mettre !

Je me suis mise à rire, mais il était déjà parti, et je l'ai vu, par la porte ouverte, qui tirait sa caisse de dessous le buffet et la rangeait en se frottant les yeux très fort, parce qu'il avait sommeil.

Pauvre Riquet ! À midi, il arrive, sautant, dansant, hurlant.

– J'ai mon 10 ! J'ai mon 10 !

– C'est très bien, lui dit tante Mimi, et je l'avais prévu, tu sais : je t'ai acheté ta récompense.

Elle lui tend un paquet très joli, avec un nœud jaune... un peu petit seulement pour un train.

– Ça doit être une boîte de peinture, me chuchote Riquet, ou bien des chocolats !

Dans son impatience, il ne peut rien défaire ; je l'aide, et je sors du papier... un livre gris : *Le Calcul sans larmes*, avec, comme image, un écolier qui pleure devant un tableau noir couvert de chiffres. Et dedans, c'était plein de problèmes.

Riquet prend le livre et le contemple, le nez baissé.

– Voyons, fait papa, relève un peu la tête !... Et puis quoi, es-tu devenu muet ? C'est tout ce que tu as à dire à ta bonne tante ?

— Euh, a répondu Riquet en reniflant très fort, non, bien sûr que c'est pas tout, mais... j'ose pas !

Il y a eu un silence. Nous évitions de nous regarder.

— Eh bien, eh bien, a fait enfin tante Mimi, voilà qui est parfait !

Et elle est partie dans la cuisine.

Alors, papa a grondé Riquet en lui disant que c'était honteux d'avoir répondu comme ça. Riquet s'est mis à pleurer.

— Mais j'ai pas répondu « comme ça » puisque j'ai dit que j'osais pas, justement !

Il n'y a pas eu moyen de rien lui faire comprendre ; mais j'ai obtenu qu'il aille embrasser tante Mimi, qui lui a souri un peu sèchement, et puis, comme il avait le cœur gros, je l'ai pris sur mes genoux.

— Liline, m'a-t-il dit tout bas, raconte-moi une histoire... l'histoire des trois ours, oh oui, tu veux bien ?

— Mais je te l'ai déjà racontée avant-hier, j'en ai un peu assez, tu sais !

— Eh bien, alors, je vais te la raconter, moi !

Et il l'a fait, très gentiment. Estelle est venue nous rejoindre avec son dessin qu'elle doit finir et pour lequel elle voulait me demander conseil. Nous nous sentions très unis, tous les trois, et je me suis dit que, quand je serais grande, je me rappellerais ce moment-là.

Mardi 6 avril.

Le ti-toum a disparu, oui, oui, hier matin, tante Mimi a fait réparer la fenêtre.

— Ça ne pouvait pas rester dans cet état ! a-t-elle dit.

J'avais la gorge serrée et, cette nuit, nous ne pouvions pas nous endormir, Estelle et moi, tant le silence nous gênait. On guettait, on tendait l'oreille… Ce bruit de toutes nos nuits de quand nous étions petites, ce bruit qui se mélangeait à nos rêves. Parfois, je me réveillais brusquement : « Mais je l'entends… », et puis non, rien. Enfin c'est trop fort, de quel droit tante Mimi a-t-elle supprimé le ti-toum, de quel droit ? Elle n'est pas de la maison, il faut qu'elle le comprenne, je ne veux pas qu'elle change rien, ici.

Et ce n'est pas tout : la pendule marche, la pendule des 6 heures moins 10 ; elle est à l'heure, elle sonne ! Moi, quand je suis à table, ça m'hypnotise de voir ces aiguilles qui tournent, et Riquet est comme moi, il les regarde d'un air hostile.

– Si je les arrêtais, hein, Liline ?

J'ai dit que non. Toutes ces réparations, tante Mimi les paie, elles lui coûtent cher, il faut encore qu'on la remercie, et papa lui-même ne sait pas quoi dire. Quand il rentre :

– Encore une petite surprise ! lui annonce tante Mimi, souriante.

Et c'est son vieux fauteuil qu'on recouvre en velours grenat, « une teinte pratique ». Et c'est la salière au poussin, remplacée par une autre, toute blanche.

– Où est l'ancienne, tante Mimi ?

– Eh, dans la boîte à ordures ! Qu'est-ce que tu veux que je fasse d'un objet cassé ?

Quand maman reviendra, elle ne reconnaîtra plus les choses ; c'est comme si, peu à peu, une autre présence effaçait la sienne, tout ce qu'il y a d'elle dans la maison. La petite table près de laquelle elle travaillait, dans sa chambre, ses ciseaux, sa boîte à ouvrage, tante Mimi les a transportés dans la salle à manger ; les photographies, sur la cheminée, ne sont plus à la même place ; tante Mimi a jeté mon beau dessin de la tempête dont un coin était déchiré, et voilà qu'elle voulait aussi faire repeindre la porte où sont marquées nos tailles ! Mais là, papa a refusé, heureusement.

— Vous en avez de la chance d'avoir une si bonne tante ! m'a dit Mme Misère en voyant le fauteuil, tout ça pour faire la cour à tante Mimi qu'elle admire beaucoup.

Je n'ai rien répondu, je ne peux rien répondre, et c'est vrai que tante Mimi nous gâte. Ne vient-elle pas de nous faire encore un cadeau à chacun, à Estelle un col brodé, à Riquet un ballon vert, à moi un collier en perles rouges, magnifique ?

Allons, allons, comme je me lamente… Si je parlais d'autre chose, plutôt ? Tiens, de l'école !

Je travaille, je me donne du mal ; je n'ai eu que 5 en histoire, 4 en grammaire, 6 en géographie, mais, par contre, j'ai eu 8 en rédaction ; c'en était une sur une rue de Paris, et j'ai décrit l'avenue, avec le marché et les petites boutiques de fleurs. J'étais contente, alors, c'est moi qui ai eu la meilleure note, aussitôt après Jacqueline Mouche, et j'aurais même été avant si je n'avais pas fait des fautes de français. La maîtresse, en me donnant ma copie, m'a dit que j'avais beaucoup d'originalité. C'est bien, d'être original ? Sûrement oui, puisqu'elle le dit ! Et après, on a eu à choisir la fleur qu'on aimait le mieux. J'ai levé la main.

— Moi, c'est le chrysanthème !

— Bien, Aline, et comment l'écris-tu ? Avec un h, ou avec deux ?

— Je crois, mademoiselle, ai-je déclaré, que j'aime encore mieux la rose, et ça s'écrit r-o-s-e !

Mlle Délice s'est mise à rire, de ce joli rire qu'elle a, qui lui creuse un petit peu la joue, au coin des lèvres. Elle portait une écharpe neuve, rose à fleurs noires, avec, au bout, des petites franges très fines, et, quand on s'approchait d'elle, elle sentait bon ! C'est Tiennette Jacquot qui s'en est aperçue la première en allant au tableau pour le calcul ; bientôt, toutes les élèves l'ont su, et c'était à qui trouverait un prétexte pour s'approcher de la chaire et sentir : Violette a été montrer son problème, Jacqueline Mouche a demandé à sortir, Lulu Taupin a fait semblant de croire que c'était elle qu'on interrogeait, moi j'ai dit que je ne voyais pas bien le tableau. Et chacune, en revenant, annonçait aux autres :

— C'est du jasmin, du lilas, de la violette…

Si bien que nous en avions la tête pleine et que la maîtresse ne parvenait pas à comprendre pourquoi nous écoutions si mal.

— C’est dommage, a-t-elle fini par dire, parce que j’avais justement l’intention de vous offrir une récompense !

— Oh, mademoiselle, laquelle ? Qu’est-ce que c’est ?

Et voilà, pendant les vacances de Pâques qui commencent de mercredi en huit, elle nous invite toutes à venir goûter chez elle, oui, chez elle, dans sa maison !… Nous sommes trente, et nous irons en trois fois, par groupes de dix. À la recréation, nous étions tellement folles de joie que nous n’arrêtions pas de parler, même Marie Collinet qui n’ouvre pourtant jamais la bouche.

— Mais où habite-t-elle, mademoiselle Délice ? demandions-nous toutes ensemble, dans quelle rue ? à quel étage ?

Et Jacqueline Mouche le savait : c’est 28 *bis*, rue Jouffroy, au troisième, et les rideaux des fenêtres sont jaunes. Jaunes ! Ça doit être magnifique !… Mais pourquoi des rideaux ? Je ne peux pas croire que Mlle Délice en ait besoin, je ne peux pas croire qu’elle vive comme tout le monde, qu’elle mange, qu’elle boive, qu’elle dorme ! Quand j’essaie de me la représenter en chemise de nuit, par exemple, ou bien en train de se laver les dents en faisant des grimaces à cause de la brosse, ça me paraît absolument impossible. Il me semble qu'elle doit toujours rester comme elle est, avec son écharpe rose, son corsage clair, son joli rire. Après l'école, nous avons essayé de rire comme ça mais personne n'y est arrivé et Carmen Fantout gonflait tant ses grosses joues qu'on aurait dit deux ballons rouges.

Quand j'ai appris à Estelle l'invitation de Mlle Délice, elle a fait une tête, une tête…

— Elle n'aurait pas pu avoir cette idée-là pendant que j'étais dans sa classe ? a-t-elle remarqué sèchement.

Et depuis, chaque fois que je veux lui en parler, elle s'en va, la jalouse. Eh, tant pis, je me tairai !

Mercredi 7 avril.

Eh bien, quelle histoire avec Marie Collinet ! Elle était plutôt un peu plus aimable depuis samedi, en dépit de ce petit air fermé qui ne la quitte pas, mais voilà que, ce matin, elle entre en classe, le nez baissé, son manteau boutonné jusqu'au cou, et se faufile à sa place sans l'enlever. La maîtresse la regarde.

– Eh bien, Marie, tu ne sais donc pas qu'il y a un vestiaire ?

– Oh, si, mademoiselle, mais je… je… j'ai froid !

– Froid, avec la chaleur qu'il fait ici ?

– Je suis enrhumée ! s'écrie Marie d'une voix si geignarde que nous éclatons toutes de rire.

Mlle Délice fronce les sourcils :

— Assez de bêtises, je te prie de m'obéir !

Marie jette autour d'elle un regard éperdu, un regard si plein de détresse que je n'ai plus envie de rire. Toute raide, elle se dirige vers le vestiaire qui est au fond de la salle, ouvre lentement son manteau, le retire... et qu'est-ce que nous voyons ? C'est qu'elle portait, au lieu de son tablier beige, un autre ridiculement petit, en toile jaune vif, tellement court qu'il lui arrivait à moitié corps, avec, en plus, des manches bouffantes et un col rouge d'où sortait sa tête noiraude. Et elle restait là sans bouger, regardant par terre.

— On se croirait à Mardi gras ! me souffle Tiennette Jacquot.

— Silence, Tiennette ! lui crie la maîtresse. Quant à toi, ma petite Marie – et sa voix se fait plus douce –, reviens à ta place, je vais dicter le problème.

À la récréation, j'entraîne Violette et quelques autres dans un coin de la cour.

— Vous avez vu ? Vous avez vu ? C'est encore un coup de sa belle-mère !

— Ouh là, gémit Carmen Fantout, qui pleure à force de rire, et c'est un coup joliment réussi ! Elle a l'air d'un canari, là-dedans, la Collinet !

— Tandis que toi, dis-je, habillée comme ça, tu ressemblerais plutôt à une citrouille ; chacun son goût, mais j'aime mieux le canari !

— Nous aussi, nous aussi, crient les autres, pendant que Carmen rougit de colère ; mais qu'est-ce qui a bien pu se passer ?

— Eh, fait Irène Hurpin, toujours la même histoire : Marie a brûlé son tablier en allumant le feu, alors, on lui a mis celui-là, qu'elle avait quand elle était petite ; maman dit d'ailleurs que sa belle-mère ne se rend pas compte combien il est ridicule, mais, ridicule ou non, il faut que Marie obéisse, et elle l'a pour un bon moment, la pauvrette !

Nous nous regardons les unes les autres, consternées.

— Quand même, remarque Violette, elle aurait pu nous en parler au lieu de nous épier, comme si elle voulait nous mordre !

— Dame, dis-je, je la comprends, c'est tellement humiliant pour elle. Oh... qu'est-ce que nous pourrions bien faire pour l'aider ?

— Pour l'aider ? s'écrie Lulu Taupin, mais rien du tout, ma vieille ! Tu as bien vu comme elle nous a remerciées, l'autre jour, en nous jetant tout à la figure !

— L'autre jour, c'est nous qui avons été idiotes de nous y prendre comme ça.

— Mais tu l'avais dit !

— Eh bien, j'ai changé, voilà tout.

Et c'est vrai que j'ai changé ! Pourquoi ? Parce que je n'ai plus maman, moi non plus, et que je comprends mieux ? Ou bien à cause de la voix si douce de la maîtresse, tout à l'heure ? Je ne sais pas, mais avant, je détestais Marie ; maintenant, je l'aime tant que j'en étouffe et que je me tiens à quatre pour ne pas me précipiter sur elle et lui offrir tout ce que j'ai !... Mais que faire ? que faire ? Mon enthousiasme gagne les autres ; chacune se creuse la tête. Violette nous propose de nous cotiser pour acheter un tablier neuf. Mais non ; Marie comprendrait tout de suite que nous savons tout, il ne le faut pas, et elle est d'ailleurs beaucoup trop délicate pour accepter un cadeau.

— Alors ? fait Tiennette Jacquot, elle ne peut pourtant pas le gagner, ce tablier ?

Je me frappe le front.

— Le gagner ?... Quelle bonne idée !... Nous allons organiser une loterie, oui... oui... nous donnerons un billet à Marie... et nous nous arrangerons pour qu'elle gagne le tablier !

— Oui, oui, une loterie, une loterie ! s'écrient toutes les élèves avec ravissement ; oh ! comme ça va être amusant de tout combiner en cachette, de tirer les lots !... Mais, est-ce qu'il y en aura d'autres, en dehors du tablier ?

— Bien sûr, dis-je, sinon, Marie se méfierait, voyons !... Mais chut, ne hurlez pas si fort, ou elle vous entendra !... Tenez, allons dans le préau.

Dans le préau, elles m'entourent toutes, attendant que je parle.

— Alors, Aline, explique-nous vite !

J'étais fière, je me sentais presque une héroïne !... Et voici ce qu'on a décidé :

Règlement de la loterie

1. – Chacune de nous donnera 1,50 franc.

2. – Comme nous sommes 12 à être dans le complot, cela fera : 1,50 franc x 12 = 18 francs, avec lesquels nous achèterons les lots.

3. – Il y a 30 élèves dans la classe, il faudra donc acheter 30 lots.

4. – Le gros lot sera le tablier ; les autres lots consisteront en sucettes, balles, albums, etc.

5. – La loterie sera tirée vendredi, pendant la récréation du matin.

Dans l'après-midi, j'ai commencé à récolter l'argent ; malheureusement, ça ne fait que 15 francs, parce que Jacqueline Mouche et Tiennette n'ont pu me donner que 0,60 franc, Lulu Taupin, 0,30 franc, et la grosse Carmen, rien du tout, naturellement !... Il va donc falloir que j'ajoute 3 francs que je n'ai pas. Comment arranger ça ?

J'ai bien essayé d'en parler à tante Mimi qui est assez généreuse, dans l'ensemble, mais cette histoire de tablier ne lui a pas plu du tout.

— Non, non, m'a-t-elle dit, si Mme Collinet a puni cette petite, c'est qu'elle le méritait ; je ne suis pas femme à me mêler de ce qui ne me regarde pas, et tu devrais en faire autant.

Riquet m'a offert 0,05 franc, tout ce qui lui reste, et Estelle n'a rien voulu me donner, sous prétexte qu'elle partageait l'avis de tante Mimi. Enfin... que faire ? Si j'en parlais à papa ?

Jeudi matin, 8 avril.

Papa m'a donné les 3 francs, oui, et il m'a embrassée en me disant que j'étais une brave petite fille. Ah bien, lui, il comprend les choses, au moins !

Mais voilà que, lorsque nous sommes descendues, Violette et moi, pour acheter le tablier à l'Uniprix, nous n'avons rien trouvé, rien. Plus loin, sur l'avenue, aux Galeries Modernes, il y en avait bien un en vitrine, un gris clair, en belle étoffe brillante, qui nous plaisait énormément, mais il coûtait un prix fou : 7,75 francs ! Nous nous en allions, quand nous apercevons une petite boutique en plein vent, une charmante boutique d'objets à 0,50 franc : glaces de poche, images, bonbons, bagues en or, colliers blancs ou roses, tous perdus dans des tas de son, et on farfouille dedans comme on veut.

— Tiens, s'écrie Violette, si nous achetions les petits lots tout de suite ? Jamais nous ne retrouverons des occasions pareilles, et c'est si joli, tout ça !

— Oui, oui, dis-je, tu as bien raison !

Et nous voilà furetant dans le son, choisissant ceci, rejetant cela, et nous appelant à chaque instant l'une l'autre pour nous montrer nos trouvailles. Oh ! que c'était amusant ! Nous étions rouges, excitées, nous ne pensions plus à rien d'autre ! Le marchand, un gros monsieur barbu, nous a d'abord observées d'un œil distrait, mais, quand il a vu que nous prenions plusieurs objets, il est devenu d'une amabilité !...

— Combien vous en faut-il donc, mesdemoiselles ?

— 29, monsieur !

— 29 !... Je vois que vous avez du goût. Tenez, j'ai là, entre nous, une petite occasion que je réserve pour les vrais amateurs... comme vous !

Et il sort de dessous sa baraque un bracelet d'argent, orné de perles vertes, une merveille !

— Oh, s'écrie Violette, si nous l'offrions à Marie Collinet, à la place du tablier ? Ça lui ferait sûrement beaucoup plus plaisir !

Mais j'ai dit que non, que ce serait stupide, puisque c'était justement pour ce tablier que nous nous donnions tant de mal. Et nous avons pris le bracelet pour un autre lot, et puis encore trois bagues, et puis encore un collier rose ; ah ! nous n'en pouvions plus d'avoir eu tant à choisir et, quand nous en avons été au vingt-neuvième objet – une glace ronde –, nous avons soupiré de soulagement !... Le marchand faisait les comptes :

— Voilà mes petites demoiselles, c'est 16,60 francs.

— 16,60 francs, dis-je, mais, monsieur... comment? Vous devez vous tromper ; 29 objets à 0,50 franc, ça fait 14,50 francs !

— Possible, répond-il en tirant sur sa barbe, mais il n'y a que 28 objets à 0,50 franc : le bracelet, lui, coûte 2,60 francs.

Violette pousse un cri et moi, je me fâche.

— Il fallait nous le dire, c'est bien trop cher !

— Eh quoi, eh quoi, gouaille le bonhomme, ces demoiselles auraient peut-être voulu, par-dessus le marché, une salle à manger en chêne massif? Allez, allez, payez-moi vite, j'ai d'autres clients qui attendent !

J'aurais dû protester ou, tout au moins, rendre le bracelet, mais cette froussarde de Violette me tirait par la manche en me suppliant de ne rien dire, et puis, je ne sais pas, peut-être que le marchand me faisait un peu peur, avec sa barbe.

J'ai payé, nous sommes parties...

— Tiens, ai-je dit, j'ai envie de jeter tout le paquet dans le ruisseau. Qu'est-ce que nous allons faire ? On ne peut pas acheter un tablier avec les 1,40 franc qui restent ! Alors, quoi... reculer la loterie ? Mais Marie et son tablier jaune !... Non...

j'ai trouvé : si nous chantions dans les rues pour regagner l'argent perdu ?

— Chanter ? Mais... où... dehors ? a balbutié Violette, ahurie.

— Eh bien, oui, dehors, comme les gens qu'on voit, et il paraît que ça rapporte !

— Mais je n'oserai jamais, jamais... ja...

— Naturellement ! Ah que tu es gourde, et quelle idée j'ai eue de t'emmener !... Parce que c'est ta faute, hein, tout ça : si tu ne m'avais pas montré la baraque à 0,50 franc, nous ne nous y serions pas arrêtées et, si nous ne nous y étions pas arrêtées, nous aurions encore nos 16,60 francs, au lieu de ces saletés-là !

Et j'ai donné un grand coup sur le paquet. J'étais furieuse : plus j'en disais, plus j'avais envie d'en dire, d'autant plus que Violette m'agaçait, à me regarder de son air triste ; et puis, n'est-ce pas, quoi que je puisse lui faire, elle ne m'en veut jamais ; ça finit par être insupportable !

Je criais, je criais, quand une main se pose sur mon épaule.

— Eh bien... eh bien... quelle petite furie !

C'était Mlle Délice qui me regardait, étonnée, un peu grave.

— Qu'est-ce qu'il y a donc, Aline ?

— Je... je...

Mais les mots s'étranglaient dans ma gorge, j'étouffais, j'aurais voulu mourir. Qu'elle m'ait vue comme ça, elle, elle que je rêvais de rencontrer un jour, par hasard, simplement pour qu'elle me dise : « Bonjour, ma petite Aline ! » Et voilà, je l'avais rencontrée...

— Mademoiselle, ai-je balbutié, c'est à cause du marchand !

Et j'ai tout expliqué, à travers mes larmes : la loterie, la boutique à 0,50 franc, le bracelet, le beau tablier brillant.

— Alors, j'ai décidé d'aller chanter dans les rues pour payer le tablier, et Violette n'a pas voulu !

— Eh, je la comprends ! s'est écriée la maîtresse, et ses yeux souriants se sont posés sur Violette qui a murmuré timidement :

— Aline n'était pas vraiment fâchée, vous savez, c'était pour rire !

— Non, non, ai-je dit, pas pour rire !

— Mais si, Liline !

— Non, non, et non, et non ! ai-je hurlé à tue-tête.

Mlle Délice m'a secoué le bras.

— Allons, allons, tu n'as pas honte... et laisse-moi toutes ces folies, hein!... J'ai d'ailleurs là quelque chose qui va tout arranger, je crois!

Et elle a mis dans les bras de Violette un carton blanc qu'elle tenait à la main.

— Qu'est-ce que c'est, mademoiselle?

— Devinez!

Violette soulève le couvercle, et c'était le tablier, le beau tablier brillant!

— Oh! mademoiselle, vous saviez donc?

— Ah! voilà... Maintenant, rentrez vite chez vous. À demain, Aline; à demain, ma petite Violette!

J'ai bien noté la nuance entre nous deux, mais je l'avais mérité, et puis j'étais dans un tel état d'enthousiasme que je n'arrivais pas à avoir de la peine. Demain, d'ailleurs, demain, j'aurai 10 pour que la maîtresse m'appelle aussi sa « petite Aline », et tous les autres jours, j'aurai encore 10, même si je devais passer mes nuits entières à travailler!...

J'ai embrassé Violette au moins vingt fois, à l'étouffer, en lui disant qu'elle était parfaite, qu'elle n'avait pas un seul défaut, mais que je l'aimais bien quand même, et nous sommes rentrées bras dessus bras dessous. Violette se demandait comment Mlle Délice avait pu deviner, pour la loterie, mais moi, je me suis souvenue de sa voix douce quand elle avait parlé à Marie, et j'ai bien compris qu'elle avait acheté le tablier pour le lui donner. Jamais, jamais je n'ai vu quelqu'un comme elle !

Tout l'après-midi, nous avons empaqueté les lots ; pendant que je les numérotais de 1 à 30, Violette écrivait les mêmes numéros sur des morceaux de papier qu'elle pliait en quatre, et nous avons eu soin de mettre à part celui qui a le numéro 19, le numéro du tablier. Armand jouait au football, on était bien tranquilles, et Riquet est venu nous aider, Riquet, mais pas Estelle qui tricotait avec tante Mimi.

Oh ! que je voudrais être à demain.

Vendredi soir, 9 avril.

Vite, que je raconte comment tout s'est passé : très bien, merveilleusement bien, et nous avons même eu un vrai succès ! Quand Violette, à la récréation, a annoncé la loterie aux élèves qui n'étaient pas du complot et a commencé la distribution des billets, elles se sont toutes jetées sur elle comme des enragées, et c'était à qui prendrait son numéro la première. Lulu Taupin, dans son émotion, n'arrivait pas à lire le sien.

— Retourne à la maternelle ! lui a crié Tiennette Jacquot.

Et toutes de rire, excepté Marie Collinet qui nous regardait de loin, d'un air maussade, en tortillant son tablier jaune. J'ai couru vers elle.

— Viens donc, Marie, il y a un numéro pour toi aussi… Tiens, le voilà, c'est le 19 !

— Pour moi ? fait-elle, hésitante, et puis elle se décide à le prendre, avec un faible sourire.

— Retiens-le bien ! lui crie cette folle de Tiennette, 19… 19…

Marie se retourne d'un air méfiant.

— Et pourquoi donc faut-il le retenir ?

— Pour rien, pour rien, mais si tu savais quel beau…

Je mets ma main sur la bouche de Tiennette.

— Ne l'écoute pas, Marie, elle est idiote !

Mais Marie Collinet s'est déjà éloignée, le visage fermé, en fourrant rageusement le billet dans sa poche.

— Eh, dis-je à Tiennette, c'est malin, elle va croire que nous nous moquons d'elle ! Dépêchons-nous de tirer les lots, au moins !

J'avais tout bien préparé dans une grande boîte, et nous en faisions un effet, avec toutes les élèves serrées autour de nous, et les autres, celles des autres classes, qui se bousculaient pour voir ! Je tire un papier au hasard.

— Le 27 !

— Pour moi ! s'exclame Jacqueline Mouche.

C'était une petite glace ; elle pousse un cri de joie.

— J'en avais tellement envie, justement !

— Tant mieux, au suivant : le 14 !

Les lots sortent un par un de la boîte : Tiennette gagne un collier blanc, Violette, une bague dorée, la grosse Carmen, un album de décalques, Lulu Taupin, le beau bracelet d'argent. On n'entend plus que des bruits de papier froissé, des exclamations, des rires. Moi, je guettais Marie qui, dissimulée derrière le tilleul, regardait avec inquiétude la boîte qui se vidait peu à peu.

— Le numéro 19 !

— 19 ?… C'est… c'est le mien ! balbutie-t-elle, si troublée qu'elle ne pense même pas à bouger de son coin.

Je lui tends le paquet.

— Ouvre-le, ouvre-le !

Elle l'ouvre. Ah ! je n'oublierai pas son visage : il est devenu clair tout d'un coup, et ses lèvres tremblaient tant qu'on ne savait pas si c'était de joie ou de peine. Et puis, après avoir longuement contemplé le tablier, elle s'est mise à le caresser d'un doigt timide, comme pour s'assurer qu'il était bien vrai.

— Ça te fait plaisir ? lui a demandé Violette.

Elle a voulu répondre, mais on voyait qu'elle n'osait pas parler, de peur de pleurer, et elle a fait seulement « oui » avec sa tête. Ah ! comme elle m'a semblé différente, à cet instant-là !

Dans un élan, j'ai passé mon bras sous le sien et, cette fois, elle ne m'a pas repoussée.

— Hein, s'est écriée Tiennette, tu peux le jeter maintenant, ton vilain tablier jaune !… Aline en a eu une bonne idée, de…

— Tiennette ! ai-je protesté.

Mais c'était trop tard, Marie avait compris ; sa main s'est crispée sur le tablier, elle a baissé les yeux. Qu'allait-elle faire ?

Nous l'observions toutes, en silence, et puis soudain, au moment où je croyais qu'elle allait se sauver, elle a relevé doucement la tête et m'a souri d'un air tranquille, comme si elle n'avait rien deviné.

— Vive Marie ! avons-nous crié.

Et, sans la questionner davantage, nous l'avons aidée joyeusement à retirer le tablier jaune pour mettre le beau neuf, tout brillant.

— Que tu es belle ! disions-nous.

Et Jacqueline lui prêtait sa glace de poche pour qu'elle s'admire, et Violette attachait les boutons ! Marie se laissait faire, sérieuse, un peu raidie, avec un petit sourire heureux qu'elle s'efforçait en vain de retenir.

Seulement, quand la récréation a été finie et que nous avons dû rentrer en classe, elle a trottiné derrière moi et m'a retenue par la manche.

— Aline, j'ai bien compris, tu sais... et tu as fait ça exprès... vraiment... pour me faire plaisir, à moi ?

— Oui, pour te faire plaisir, à toi !

— Ah… a-t-elle murmuré.

Et elle a ajouté, très bas, très vite :

— Est-ce que c'est donc… que tu voudrais bien… être un petit peu mon amie ?

— Oh ! Marie, ai-je dit, mais oui, je le veux !

Nous nous sommes regardées un moment, sans rien nous dire, et puis nous sommes parties, la main dans la main.

Après la classe, Marie m'a expliqué comment elle avait toujours eu envie de me parler, de jouer avec moi, et qu'on s'aime ; mais elle n'osait pas, à cause d'un tas de choses. Elle allait, elle allait… moi qui la croyais muette !

— Tu verras, Aline, je te soufflerai les dates d'histoire, je te prêterai mes affaires, et on se fera des confidences… enfin, on sera amies de cœur, hein ?

Sa belle-mère a seulement dit, paraît-il, pour le tablier :

— C'est à l'école qu'on te l'a donné ?… Ménage-le, au moins, cette fois !

Et puis, plus rien. Marie dit qu'elle n'est pas si méchante, mais seulement très nerveuse, parce qu'elle a trop à faire, surtout avec Augustin qui est insupportable, toujours à déchirer ses culottes et à lui chiper des sous. Marie aurait beaucoup mieux aimé rester à Nice, près de ses cousins Buquette qui ont une fruiterie, à l'entrée du Vieux Port ; ils avaient demandé à la garder, quand sa mère est morte ; son père a refusé, mais elle ira chez eux, dès qu'elle sera grande, et elle tiendra la caisse : c'est même pour ça qu'elle travaille tant son calcul. Moi, j'ai parlé du Brusc, des cartes postales que maman m'envoie, et nous étions perdues dans les pins, les palmiers, les soleils, quand Estelle m'a appelée pour rentrer à la maison. Mais je suis contente, je ne pense plus qu'à Marie, je voudrais ne jamais la quitter !... Si j'allais avec elle à Nice, plus tard ? Je pourrais m'établir couturière et faire des robes pour les dames ! Violette... eh bien, tant pis pour Violette, je l'aime un peu moins que Marie !... Quant à Estelle...

Estelle, j'ai de la peine à cause d'elle, oui, parce que, à midi, je descendais acheter du pain quand j'aperçois, en me penchant par-dessus la rampe, tante Mimi qui causait avec Mlle Noémie ; c'était la fin d'une phrase, je l'entends qui dit : « ... très racée, en effet, et de si beaux cheveux blonds ! » et puis, ces mots qui m'ont blessée au cœur : « Aline est beaucoup plus ordinaire. »

J'ai remonté l'escalier tout d'un trait ; papa était là, il m'a appelée, mais j'ai fait semblant de ne pas l'entendre et j'ai couru m'enfermer dans la cuisine où j'ai épluché les pommes de terre avec un soin, en me donnant un mal pour ne pas penser à autre chose ! Mais mes larmes coulaient malgré moi sur le couteau.

« Allons, me suis-je dit, c'est trop bête, à la fin ! »

Et je me suis forcée à me regarder dans la glace qui est là : eh bien ! oui, c'est vrai, j'ai la figure trop ronde, le nez trop large, les cheveux trop raides, et je le sais que je suis beaucoup moins jolie qu'Estelle. Mais qu'est-ce que je peux y faire ? Papa l'aime, ma figure « ordinaire », et si je sortais tout à coup de la cuisine belle comme Cendrillon au bal du prince, avec de grandes boucles et un nez tout petit, je crois, qu'il serait bien étonné !... Non, non, tant pis, il y a tant d'autres choses : maman qui compte sur moi, Riquet et ses opérations, Marie Collinet... et les pommes de terre, les pommes de terre que j'oubliais !... Je me suis mouchée très fort et j'ai fini de les éplucher, avant d'aller chercher le pain.

À table, tante Mimi regardait tout le temps Estelle d'un drôle d'air.

— Lève-toi donc un instant… là… tourne… doucement ! Eh mais, dites donc, Fernand, c'est vrai qu'elle a de l'allure, votre fille ; voyez donc un peu cette taille, cette cambrure !… Mademoiselle Noémie a raison !

— Ah, oui, s'est exclamé Riquet, taquin : Legrand du Pain rassis !

Estelle s'est jetée sur lui, furieuse.

— Vas-tu te taire ! Papa, papa, il se moque de moi !

— Tiens-toi tranquille, Riquet, a dit papa ; mais écoutez, Mimi, j'aimerais autant que vous ne fassiez pas trop de compliments à Estelle ; Minette y tient beaucoup, d'autant plus que la petite…

— Bon, bon, a grommelé tante Mimi en lui coupant la parole ; eh bien, n'en parlons plus, mon ami !

Mais, tout l'après-midi, elle n'a pas cessé d'observer Estelle qui, très flattée, ne la quitte plus d'une semelle et est, par contre, beaucoup moins gentille avec moi…

Allons, si je pensais plutôt au goûter de la maîtresse, ou bien à Marie Collinet ? Une idée : je vais écrire à maman de lui envoyer une carte de là-bas, ça lui fera tant plaisir !

Lundi 12 avril.

Ce matin, un peu avant le déjeuner, je repassais ma grammaire, Riquet faisait un puzzle, Estelle aidait tante Mimi à mettre la table (elle est d'une complaisance, depuis vendredi !), quand arrive M. Copernic, un bouquet de jonquilles à la main.

— Bonjour, madame Mimi, bonjour, mes enfants, j'espère que je ne suis pas en retard ?

Avant que nous ayons pu répondre, tante Mimi s'avance.

— Monsieur ?…

— Ah ! oui, madame, pardon… c'est vrai que nous ne nous sommes pas encore vus… Je suis monsieur Copernic, le locataire du rez-de-chaussée. Les enfants ont dû vous parler de moi ?

— En effet. Et que désirez-vous ?

M. Copernic la regarde, un peu gêné.

— Ce que je désire ? Mais, madame, excusez-moi : c'est que M. Dupin, votre beau-frère, vient de m'inviter à déjeuner.

— In-vi-ter !

— Oui, madame, à l'instant même... Mais... mais... si je vous dérange, vous savez ! balbutie le pauvre M. Copernic qui ne sait plus du tout quoi dire.

Mais Riquet fait la culbute.

— Oh, quelle chance, ce qu'on va rire !

— Assez, Riquet, ordonne tante Mimi, et vous, monsieur, asseyez-vous... puisque vous êtes là !

Tout ça d'un ton si rogue que M. Copernic, désemparé, s'assied, se relève, pose son bouquet sur la table, le fourre ensuite dans son chapeau, tout en me lançant des petits regards inquiets auxquels je réponds, faute de mieux, par des sourires. Et puis, tout de même, je me décide.

— J'ajoute un couvert, ma tante ?

— Repasse ta leçon, toi !... J'attends ton père. Le voici, je crois.

Papa s'avance, les mains tendues, vers M. Copernic.

— Excusez-moi, Petiot m'a retenu... Que je suis content de vous avoir chez moi !... Cela ira, Mimi, pour le déjeuner ? Qu'est-ce qu'il y a ?

— Du lapin.

— Alors, à la fortune du pot, Copernic !... Estelle, ajoute un couvert.

Estelle incline la tête d'un air buté, et ne bouge pas.

— Dépêche-toi, lui dis-je tout bas, tu n'as pas entendu ?

— Si, mais je m'en moque. J'aime ça, moi, le lapin, et qu'est-ce qu'il va en rester pour nous ?... Si les gens se mettent maintenant à venir comme ça, sans prévenir !

Elle pinçait la bouche ; je n'ai pas pu y tenir.

— Ah là là, en voilà des embarras, dis donc ! Maman n'a jamais invité personne à l'improviste, non ? Et ça te regarde ? Tu ne vois pas, ma pauvre vieille, que tu te rends ri-di-cule, grotesque, à faire comme ça la cour à tante Mimi ?

— Oh !... Ah !... bégayait Estelle, confondue.

Et moi, je l'étais bien plus qu'elle, d'oser lui dire tant de choses !

Papa se retourne.

— Quoi… quoi, vous vous disputez ? C'est du joli ! Et ce couvert, où est-il, Estelle ?

— C'est la faute d'Aline, gémit Estelle, elle me dit que… que…

— Vas-tu m'obéir ! s'écrie papa d'une voix si forte qu'il en devient écarlate.

M. Copernic se met à rire.

— Ah, ces petites filles ! Mais laissez-les donc : c'est moi qui vais vous obéir !

Et il court prendre une assiette, suivi par Riquet qui gambadait autour de lui en riant d'avance de tous ses gestes. Ce qui était drôle, c'est que, comme il ne savait la place de rien, il cherchait la fourchette dans la caisse des jouets, et le verre dans l'armoire à linge. On lui criait : « Vous brûlez ! » et ça le faisait tellement rire qu'il a fini par s'effondrer dans le fauteuil, en plein sur son bouquet de jonquilles ! Mais ça n'a pas eu grande importance, parce que, lorsqu'il l'a offert ensuite à tante Mimi, elle l'a jeté sous l'évier de la cuisine, et personne ne l'a plus revu. On n'y pensait pas, on s'amusait tant ! À table, M. Copernic nous a fait jouer à un nouveau jeu, c'est : dire chacun les six choses qu'on déteste le plus. Riquet a dit :

1. – La soupe à l'oseille.
2. – Me laver les dents.
3. – Dire bonjour.
4. – Le calcul.
5. – Avoir un costume neuf.
6. – Le thermomètre.

Et moi :

1. – Les poireaux.
2. – Réciter une poésie devant tout le monde.
3. – La composition d'histoire.
4. – Me coucher avant les autres.
5. – Les cataplasmes.
6. – Les gants de laine qui grattent.

Estelle n'a rien voulu répondre ; papa s'est fâché, elle a boudé, et quand j'ai voulu l'embrasser, après, en lui disant que je regrettais de m'être mise en colère, elle m'a repoussée très fort : vrai, j'aurais dû tenir ma langue !... Mais on a ri encore : M. Copernic était tellement absorbé par son jeu qu'il ne faisait pas du tout attention à ce qu'il mangeait, et il a failli s'étrangler avec un os de lapin ; ensuite, il a renversé la salière ; ensuite, il a commencé à manger sa banane avec la peau ; et toujours si joyeux, si content de nous égayer ! Tante Mimi le regardait d'un air sévère et plus il s'excitait, plus elle devenait raide. Elle n'a ouvert la bouche que pour gronder Riquet quand, après le dessert, il a grimpé sur les genoux de M. Copernic en lui demandant une histoire. Riquet est descendu, mais est remonté deux minutes plus tard, et M. Copernic lui a chanté une chanson très jolie sur un petit éléphant qui ne voulait pas se laver les oreilles, et puis une autre sur la grammaire telle qu'on l'apprend au pays des rêves. C'est sur l'air du *Bon tabac* :

Tous les mots s'accordent au pays des rêves
Et dansent ensemble le long des cahiers,
Le pluriel et le singulier
Et tous les participes passés ;
Les noms composés par deux se promènent
Et font des sourires aux mots dérivés !

Hein, croyez-vous qu'ils ont de la chance, les écoliers de ce pays-là ! Après, Gabriel est venu avec Violette et Armand, que tante Mimi n'a pas osé mettre à la porte. On a rejoué au jeu des six choses, et M. Copernic nous a fait sa liste à lui. Il déteste :

1. – Cirer sa chaussure droite.
2. – Se couper l'ongle de l'index.

3. – Les M majuscules.

4. – L'imparfait du subjonctif.

5. – Les réveille-matin.

6. – Les marrons glacés.

— Comment, avons-nous dit, les marrons glacés ? Mais est-ce que vous en recevez, monsieur Copernic ?

— Je pense bien, des quantités de sacs : c'est le Père Noël qui me les donne ! (Il a baissé la voix.) Il sait bien, pourtant, que je ne les aime pas, mais il le fait exprès, parce que, un soir de réveillon où nous nous sommes trouvés nez à nez, lui et moi, et où j'avais un peu envie de plaisanter, je lui ai tiré la barbe en l'appelant « mon barbichon » ! Il s'en est allé furieux, au grand trot de son ânon, et c'est depuis lors que, pour se venger, il m'apporte chaque année tant de marrons glacés ! Mais il ne les dépose pas dans ma cheminée, non, il les lance à toute volée par la fenêtre, sans même prendre la peine de quitter son traîneau : pim ! pam ! poum !... Et allez donc ! L'an passé, avec ces façons, il a cassé un de mes carreaux, et le dernier sac, le plus gros de tous, m'a fait une telle bosse au front que je n'ai pas pu mettre de chapeau pendant huit jours... Ah ! il est rancunier, le Père Noël !... Hein, tu n'es pas de cet avis, Riquet ?

Riquet est resté un long moment silencieux.

— Ah ! si alors, a-t-il dit enfin ; et je me demande, mon pauvre monsieur Copernic, si ce n'est pas pour ça que vous avez déménagé, pour que le Père Noël ne vous retrouve plus l'année prochaine et qu'il ne puisse plus vous faire des bosses ?

— Décidément, s'est écrié M. Copernic, on ne peut rien te cacher, mon garçon !... Mais, dis-moi, est-ce qu'il n'est pas temps d'aller en classe ?

Il en était grand temps, en effet, et nous avons dévalé l'escalier en riant comme des fous. Ah, que ça fait du bien d'être gai ! Mais papa, lui, n'avait pas l'air content, et j'ai bien vu qu'il en voulait à tante Mimi d'avoir si mal reçu M. Copernic.

Mardi 13 avril.

J'ai eu 10 en français, 8 en histoire, et je suis troisième en dessin ; c'est bien, ça, pour finir mon trimestre. Et puis en plus, c'est jeudi, après-demain, que je vais goûter chez la maîtresse : oui, je suis dans le premier groupe ! J'en danse de joie !

À la maison, le gros Gabriel s'est fait une entorse en sautant deux marches de l'escalier. Armand venait d'en sauter sept d'un coup, et moi, cinq.

— Peuh, dit Gabriel, ce n'est pas bien dur !

— Tiens, tiens, essaie donc, mon gros !

Il monte à la septième marche, prend son élan, se ravise, descend à la sixième… ainsi de suite jusqu'à la seconde ; et c'est là qu'il a trouvé le moyen de se tordre le pied, le patapouf ! Nous l'avons relevé, tout geignant ; il en a pour dix jours à boitiller, et maman Petiot lui fera des massages, parce que grand-mère Pluche ne sait pas bien. Comme il pleurait, Armand a couru lui acheter *Les Pieds nickelés* et Riquet lui a offert son album de *Mickey*, malgré les protestations de tante Mimi qui trouve que c'est « malsain » de prêter ses affaires.

— Mais Gabriel n'est pas malsain !

— Qu'est-ce que tu en sais ? Il est si gras, si bouffi !…

J'ai fait signe à Riquet de ne pas répondre et j'ai descendu l'album, sans rien dire : voilà où j'en arrive, à agir en cachette, quand je sens que tante Mimi n'a pas raison.

C'est comme pour Marie Collinet : je lui demande, ce matin, quelle robe elle va mettre jeudi.

— Eh, répond-elle, celle que j'ai sur moi !

Et c'en est une grise, toute triste, avec, en plus, une reprise au col.

— Écoute, ai-je proposé, j'ai un collier rouge, veux-tu que je te le prête pour égayer un peu ce gris ?

Elle a dit non, d'abord, et puis, oui, et je le lui ai apporté l'après-midi : c'est parfait, les perles du devant cachent juste la reprise. Mais, là encore, je n'ai rien osé dire à tante Mimi, de peur de la contrarier ; et pourtant, je sais que maman m'aurait approuvée, elle !

Quant à moi, je mets ma robe verte de la fête de maman Petiot, et puis aussi ma combinaison neuve, avec la dentelle. Et que je n'oublie pas :

— de me laver la tête ;

— de me couper les ongles ;

— de bien me nettoyer les oreilles…

Ah ! que je vais être belle !… Estelle est désolée de n'être pas invitée, mais tante Mimi lui a promis, pour la consoler, de l'emmener dans les magasins.

Vendredi matin, 16 avril.

J'ai passé une bonne, une très bonne journée ; évidemment, il y a eu des petites ombres, mais c'était quand même une bonne journée.

Et d'abord, mercredi soir, j'avais fini de me laver les cheveux et je les lissais pour qu'ils brillent, quand tante Mimi arrive avec un peigne.

— Laisse ça, Aline, je vais te mettre des bigoudis.

— Des bi-gou-dis ? Oh... pourquoi ?

— Tiens, pour que tu frises ! Je sais bien que tes cheveux sont très raides, mais on peut toujours essayer.

Mais je ne voulais pas qu'on essaie. C'est maman qui m'a choisi ma coiffure, une coiffure toute simple, toute nette, « comme ma Liline elle-même », disait-elle ; on ne change pas ce que maman a fait, et j'ai horreur des bigoudis, moi !… Je l'ai répété, répété à tante Mimi qui m'a écoutée avec patience ; et puis, quand je me suis tue :

— Bien, a-t-elle déclaré de sa voix tranquille ; maintenant, ne bouge plus la tête, s'il te plaît, j'ai tout juste le temps avant le dîner.

Oh, que j'aurais voulu lancer le peigne en l'air et courir chez les Petiot !… Je me levais déjà… mais j'ai pensé à papa qui allait rentrer tout à l'heure et qui, dès la porte, comme chaque soir, chercherait mon sourire pour se faire du bien… Je me suis rassise, mais avec un tel effort que j'en avais le sang aux joues.

Et ça a duré longtemps ! Je serrais à deux mains les barreaux de la chaise pour être sûre de ne pas me sauver, et je sentais, plus que je ne la voyais, tante Mimi qui s'affairait autour de moi, brossant, peignant, roulant des mèches avec des barrettes qui se refermaient avec un « clic ». À la sixième, papa est rentré avec Riquet, et tante Mimi, un bigoudi dans la bouche, lui a expliqué ce qu'elle faisait.

— C'est très gentil de votre part, Mimi, a dit papa.

J'ai eu envie de pleurer, et bien plus encore quand, une fois tout fini, j'ai relevé la tête, parce que Estelle et Riquet ont été pris d'un fou rire, d'un fou rire…

— Ne les écoute pas, tu seras belle demain, m'a dit tante Mimi en servant la soupe.

Après tout, elle avait peut-être raison, et c'est ce que je me suis répété toute la nuit pour m'aider à supporter ces barrettes qui me piquaient le crâne. Hélas, le lendemain, quand j'ai été coiffée et que j'ai vu dans la glace ma figure ronde, avec, au-dessus, une sorte de houppe frisée qui la rendait plus large encore… Oh, j'étais laide, laide…

— Qu'est-ce que tu veux, a soupiré tante Mimi, il n'y a vraiment rien à faire avec de grosses joues comme les tiennes ; on dirait qu'elles ont grossi encore, depuis hier… Tant pis, hein, va t'habiller !

Je n'ai rien répondu, je suis partie dans ma chambre et je n'osais pas même pleurer, de peur d'avoir les yeux rouges. Estelle, qui mettait son manteau en fredonnant, ne m'a pas jeté un seul regard : elle ne pensait qu'à ses magasins… J'ai enfilé ma jolie robe, mais toute ma joie était tombée, j'aurais voulu rester à la maison. Mon bonnet tenait à peine sur toutes ces horribles frisettes, et c'est comme ça que je suis partie, le cœur très triste, pour cet après-midi plein de merveilles. Violette m'attendait sur le trottoir. Je lui ai tout raconté.

— Mais, s'est-elle écriée, il y a une solution : tu garderas ton bonnet, et si tu l'enfonces un peu plus... là, oui... comme ça... eh bien, personne ne verra rien !

— Oh, Violette, tu crois vraiment ?

— Bien sûr !

Je me suis mise à danser dans la rue ; tout redevenait joyeux, léger. En bas de chez la maîtresse, nous avons retrouvé Marie Collinet ; elle avait mis mon collier sur sa robe, mais c'était encore un peu terne, et Violette, après avoir réfléchi, a dédoublé son ruban rouge qu'elle lui a noué dans les cheveux.

— Là, maintenant, allons-y !

Ah, que l'escalier était beau, avec une rampe et des marches pas comme les autres, plus hautes, peut-être, ou plus basses, je ne sais pas, mais différentes, sûrement ! Et de penser que Mlle Délice mettait ses pieds dessus, tous les jours !... À la porte, nous n'osions pas sonner, chacune voulait que ce soit l'autre, et nous avons dû compter à cache-cache… C'est tombé sur Violette, elle tremblait, et le timbre avait un drôle de son.

— Voilà ! Voilà ! a crié la voix de la maîtresse, et elle a ouvert, et nous sommes entrées.

Le vestibule est un peu sombre, mais j'aime tellement mieux ça que quand c'est clair ! Et le porte-parapluies ! Et le salon ! Et les fauteuils bleus ! Et la lampe ! Dans la cheminée brûlait un feu de bois, un vrai, avec des bûches, comme on en voit sur les images. Nous restions là, à le regarder ; Mlle Délice s'est mise à rire.

— Eh bien, vous ne retirez pas vos affaires ?

Elle nous a fait passer dans sa chambre, oui, dans sa chambre à elle, où elle dort : j'avais peur de frôler les choses et, dans mon émotion, j'allais retirer mon bonnet quand Violette m'a fait un petit signe, heureusement, et nous sommes vite retournées au salon.

— Asseyez-vous, nous a dit gaiement la maîtresse, asseyez-vous où vous voudrez ! Ici, ce n'est pas l'école, et chacune fait ce qu'il lui plaît !… Mais, Aline, ton bonnet… quelle étourdie tu fais… enlève-le, voyons !

Je deviens écarlate.

— Je… je ne peux pas, mademoiselle !

— Comment, tu ne peux pas ? Mais c'est ridicule ! Tu ne vas tout de même pas rester comme ça ! Pourquoi, pourquoi veux-tu le garder ?

Elle riait, mais je voyais bien que ça l'agaçait un peu. Que faire ? Tout lui dire, montrer mes frisettes ? Ce n'était pas possible, et j'ai balbutié avec désespoir :

— Je ne peux pas vous le dire, mademoiselle… c'est… c'est un secret !

Les larmes me venaient aux yeux. La maîtresse n'a rien compris à mes paroles, mais elle a vu les larmes et m'a souri, sans insister.

Les autres élèves arrivaient une à une : Tiennette Jacquot, tout en bleu marine, la grosse Carmen, plus énorme que jamais dans une robe jaune citron à pois rouges ; elle apportait à la maîtresse un paquet de chocolats de chez son père : « Fantout, Épicerie fine ». Nous étions désolées : est-ce que nous aurions dû offrir quelque chose, nous aussi ? Mais c'était trop tard, et on voyait que Carmen jubilait d'avoir été la seule à faire un cadeau. Les chocolats ont circulé à la ronde ; ils étaient à la crème, gras, mauvais comme tout ; personne n'a voulu en reprendre, et j'avoue que ça m'a fait plaisir.

Nous avons formé un cercle autour du feu, et moi, je me suis assise par terre, tout contre la maîtresse. Je sentais son parfum ; à chaque instant, le doux velours noir de sa jupe caressait ma joue. Oh, comme nous parlions, de chez nous, de l'école, des vacances, toutes les dix à la fois, en criant très fort, et aucune n'écoutait sa voisine. Mais Mlle Délice avait l'air de très bien comprendre ; elle riait beaucoup, de son joli rire, surtout quand nous racontions des histoires de la classe… que nous aurions mieux fait de garder pour nous ! Mais c'était si tentant : Tiennette a dit comment, une fois, elle avait apporté sa poupée à l'école, et moi, que je soufflais souvent aux autres, et Violette, qu'elle n'arrivait jamais à apprendre jusqu'au bout ses leçons d'histoire, et que c'était pour ça qu'elle levait la main tout de suite, pour être interrogée sur le début qu'elle savait.

— Eh bien, eh bien, j'en apprends de belles ! a dit malicieusement la maîtresse.

La figure de Violette s'est allongée.

— Oh, mademoiselle, je n'aurais pas dû vous le dire ! C'est en parlant, en parlant… et voilà… la prochaine fois, vous me ferez réciter la fin !

— Laisse donc, ne te tourmente pas, ce qu'on dit aujourd'hui s'envole au vent !… D'ailleurs, je vais te faire un aveu : moi aussi, quand j'étais petite, j'avais beaucoup de mal à apprendre mes leçons... Tiens, je me souviens d'un certain jour où notre maîtresse, qui se nommait Mme Plumet, nous en avait donné une très longue et très difficile sur les invertébrés, je crois bien ; et j'avais eu zéro, oui, zéro !... « C'est très mal, Alberte », m'avait dit la maîtresse.

— Et vous aviez pleuré ?

— Évidemment !

— Oh !... a fait Violette en écarquillant les yeux.

Mais moi, je ne pensais qu'à une chose : c'est que la maîtresse s'appelait Alberte ; quel joli nom, je le donnerai à ma fille aînée, pour sûr ! Alberte Délice, comme ça fait bien et... et...

— Mademoiselle, ai-je crié, mademoiselle, vous avez les mêmes initiales que moi !

— Tiens, c'est vrai ! a répondu Mlle Délice.

Toutes les autres me regardaient avec envie, en disant que j'avais trop de chance. Oh, que j'étais contente et fière, mais, en même temps, un peu déçue, je ne sais pas bien pourquoi, peut-être de voir la maîtresse de si près, plus vivante, plus familière, de savoir que, quand elle était petite, on lui donnait des mauvaises notes, comme à nous !... Vrai, vrai, elle n'aurait pas dû nous raconter cette histoire-là !

Et voilà que la porte s'ouvre et que sa mère arrive pour nous annoncer le goûter. Moi, je la voyais très belle, Mme Délice, un peu comme sa fille, en plus vieux. Et puis, non, elle est immense et maigre avec, en haut de tout ça, une petite tête d'oiseau qui remue tout le temps ; et elle a une manière de dire à chaque instant à Mlle Délice : « Voyons, ma petite Alberte, fais donc un peu attention ! » qui me gêne, qui me révolte, quand je pense que son Alberte, c'est la maîtresse !

Par exemple, le goûter était bon, il y avait :

— une grande tarte aux fraises ;

— des pots de crème au chocolat ;

— une brioche ;

— des biscottes ;

— des sucettes ;

— des petits nougats.

Tante Mimi m'avait bien recommandé de ne pas manger de tout pour ne pas avoir l'air glouton, aussi, je n'ai pas pris de biscottes. Mais j'ai mangé quatre parts de tarte aux fraises, et, à la fin, j'étais rouge, rouge, rouge, mon bonnet me serrait la tête, et il a fallu que je pense très fort à mes frisettes pour m'obliger à ne pas l'enlever.

On a organisé un concours de sucettes, à celle qui ferait le mieux une pointe, et c'est Tiennette Jacquot qui l'a gagné.

— Cela mérite une récompense ! s'est écriée Mlle Délice.

Elle a sorti de l'invisible un ravissant livre blanc : *Alice au Pays des Merveilles*, et, dedans, c'était plein d'images si jolies, si légères, qu'on avait l'impression que la maîtresse l'avait acheté dans un pays fait pour elle seule.

— Montre-le-nous ! montre-le-nous ! nous exclamons-nous en nous précipitant sur Tiennette.

Mais voici que, lorsque nous reprenons nos places, nous trouvons chacune, sur notre assiette, un petit livre tout pareil, bleu, rose ou vert pâle. D'où était-il venu ? Mystère ! Oh, que je voudrais croire aux fées et que Mlle Délice en soit une !... Mon livre à moi, c'est *Robin des bois*, et Marie Collinet a *Bellerose*.

— Merci, merci, mademoiselle ! crions-nous toutes, et Marie, plus fort que les autres.

Le goûter, les cadeaux, la fête, tout ça l'avait un peu grisée, et il faut dire que la maîtresse était particulièrement gentille avec elle ; quand nous avons joué au portrait, ensuite, elle s'arrangeait toujours pour lui poser les questions les plus amusantes.

Nous avons joué aussi :

— à colin-maillard ;

— à la main chaude ;

— à danse-toujours ;

— à cligne-musette ;

— aux mots interrompus.

Et, pour finir, à la poste-courre. Nous sautions, nous dansions, nous tournions ; le salon était dans un bel état ! À un moment, Marie, qui était Édimbourg, devait changer avec Carmen, qui était Lyon ; mais Carmen, en courant, l'attrape par le cou ; elle se débat… crac. Le collier rouge se casse et les perles roulent de tous les côtés ! Nous étions toutes à quatre pattes par terre, en train de les ramasser, quand on sonne à la porte, et qui fait son entrée ? Tante Mimi, dans sa toilette noire des dimanches…

— Bonjour, bonjour, dit-elle, je suis la tante d'Aline Dupin.

— Ah, très bien, fait la maîtresse, toute riante et hors d'haleine, comme c'est gentil à vous d'être venue ! Asseyez-vous… ici… là… oh, excusez-moi, les fauteuils servaient au jeu, et il y a un désordre, un désordre !

— En effet, articule tante Mimi en jetant un coup d'œil autour d'elle ; mais où est ma nièce, s'il vous plaît ?

— Me voici, ma tante !

Et j'allais courir vers elle, quand elle me regarde.

— Qu'est-ce que c'est que ce bonnet ? Tu as gardé ton bonnet tout l'après-midi ?

Que répondre ? Je lance à Violette et à Marie un regard désolé que Mlle Délice surprend et, croyant arranger les choses :

— Oui, oui, dit-elle, tout l'après-midi ! Oh, c'était pour jouer, pour rire...

Mais tante Mimi a pris un air si glacé que sa voix a faibli et qu'elle s'est tue. Alors, tout doucement, tante Mimi a pointé son index vers mon bonnet.

— Enlève-le !

Je l'ai enlevé, d'un geste si brusque que j'ai arraché toute la coiffe. Il y avait une glace en face de moi, et j'ai pu me voir ; j'ai vu mes frisettes qui, collées par la sueur, formaient un toupet de clown, tout pointu, au-dessus de ma figure rouge et luisante. C'était grotesque, et j'avais tellement honte que, pour qu'on ne me voie pas comme ça, je me suis faufilée derrière le bureau, pendant que les autres continuaient à chercher les perles du collier. On était bien, là, c'était tout noir, et j'aurais voulu ne jamais en sortir !

Soudain, Jacqueline Mouche se redresse.

— En voici tout un bout, mademoiselle, il n'est même pas défilé !

Elle tend le collier à la maîtresse, mais tante Mimi le saisit au passage.

— C'est... c'est le collier d'Aline, ma parole !

Malheur !... J'essaie, affolée, de faire des signes à Jacqueline ; elle ne voit rien et répond avec assurance :

— Pas du tout, madame, c'est celui de Marie Collinet.

— Comment, comment ? s'écrie tante Mimi ; eh non, c'est celui d'Aline : je le lui ai offert il y a quinze jours !

— Marie le portait pourtant... et...

À ce moment, Jacqueline s'aperçoit de mes gestes et s'arrête net. Tante Mimi lui lance un petit regard.

— Ah, bon ! (et, se tournant vers moi :) c'est bien ton collier, n'est-ce pas ?... Alors, qu'est-ce qu'il faisait au cou de Marie je-ne-sais-qui ?

Je veux répondre, mais Marie s'avance.

— Elle me l'avait prêté, madame, elle est si gentille !... Je ne voulais pas... et puis j'ai dit oui :

c'était pour que je sois belle... Oh ! je regrette... si j'avais su que ça vous déplairait !

— Parfait, parfait, a déclaré tante Mimi, sans même lui accorder un coup d'œil. Voulez-vous me chercher les autres perles ?

Chacune les lui a apportées, en silence ; elle les a mises dans son sac.

— Eh bien, a-t-elle dit, maintenant nous rentrons ! Au revoir, mademoiselle Délice !

La maîtresse, d'un air contraint, nous a accompagnées jusqu'à la porte ; j'étais tellement consternée que j'aurais oublié mon beau livre si Violette n'avait pas couru après moi pour me le donner.

Je marchais d'un pas mécanique à côté de tante Mimi qui ne desserrait pas les dents. Mais, une fois à la maison, elle me pousse dans ma chambre et se plante devant moi, les poings serrés.

— Petite hypocrite ! Petite menteuse ! Après tout ce que j'ai fait pour toi !

— Quoi ? Qu'est-ce qu'il y a ? s'écrie papa en accourant.

Je veux me jeter dans ses bras, mais tante Mimi me retient.

— Ne l'embrassez pas, Fernand, elle ne le mérite guère !

Et de raconter que j'ai caché sous mon bonnet les belles boucles qu'elle avait eu tant de peine à me faire, et prêté à la première venue le beau collier rouge, sans le lui dire, comme une vilaine rusée que j'étais ! C'était vrai, tout ça, c'était vrai, mais si j'avais pu me défendre, expliquer comment j'aurais mieux aimé mourir que de montrer mon toupet de frisettes, et comme elle était vieille et terne, la robe de Marie Collinet ! Mais je sentais bien que ces excuses-là, on ne les aurait pas comprises ; et puis, même si je l'avais voulu, je n'aurais pas pu articuler un mot.

– Voyons, répétait papa qui semblait aussi malheureux que moi, voyons, dis quelque chose, Liline !

Enfin, j'ai balbutié à grand-peine :

– La... la maîtresse... elle... elle va être fâchée !...

– Voilà, s'est écriée tante Mimi, triomphante, voilà comme elle est ! On s'imagine qu'elle se repent, qu'elle se désole, et puis non, elle ne pense qu'à cette demoiselle Délice qui compte bien plus pour elle que toute sa famille !... Et c'est là sa reconnaissance, et ce sont là ses remerciements pour le dévouement que… ah là là… heureusement que sa sœur ne lui ressemble pas !

J'ai été punie, on m'a confisqué mon beau livre et je suis restée dans ma chambre toute la soirée. De mon lit, j'entendais Estelle qui racontait gaiement son après-midi, je l'entendais qui, d'un ton alerte, décrivait les magasins, le grand escalier roulant où elle était montée cinq fois de suite, le thé avec des petites serviettes, les vendeuses très chic, qui vous impressionnaient. Au rayon des robes, elle en avait essayé plusieurs, une surtout, en jersey rose, qui lui allait si bien que la vendeuse l'avait déclarée « faite pour elle ». Papa ne répondait que par des « oh » ou des « ah » ; Riquet, lui, n'ouvrait pas la bouche et, le dîner fini, il s'est faufilé près de moi et il m'a donné deux noix. Cher petit, je ne pouvais pas les craquer, mais je les ai mises sous mon oreiller, et elles m'ont bien fait plaisir.

Quand Estelle est venue se coucher, un peu plus tard, je m'attendais tout de même à ce qu'elle me dise quelque chose : mais non ; elle me lançait seulement en se déshabillant des petits regards gênés, comme si tante Mimi avait pu la voir encore, et elle s'est endormie en me tournant le dos. Moi, je ne bougeais pas, je restais comme ça, toute seule, toute seule, et mon cœur était de plus en plus lourd. Tout à coup, des pas, deux bras qui m'entourent.

— Tu es venu… Oh, papa !

Je me suis serrée contre lui, en étouffant mes larmes pour que tante Mimi ne m'entende pas. C'était bon de pleurer. Lui, il ne disait rien et me caressait la joue, doucement. Alors, très bas, j'ai tout raconté, et Marie, et les frisettes, et comment j'étais si sûre, si sûre que maman ne m'aurait pas grondée. Mais, au nom de « maman », j'ai eu brusquement tant de peine que je n'ai pas pu aller plus loin ; je répétais « maman, maman », comme un appel. Papa me berçait, il pleurait aussi en disant : « Elle va revenir ! » Peu à peu, je me suis calmée ; sa voix me parvenait à travers un rêve et, quand il est partie enfin, sur la pointe des pieds, je ne m'en suis presque pas aperçue.

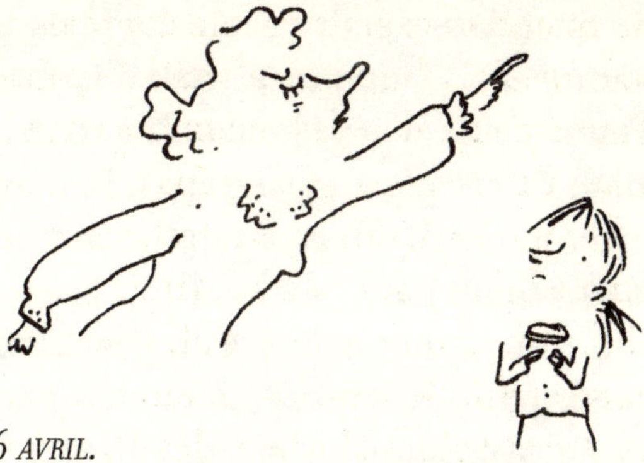

VENDREDI SOIR, 16 AVRIL.

Tante Mimi, depuis hier soir, ne me laisse plus une minute tranquille. Si je pose un objet à droite :

— Mets-le à gauche ! me crie-t-elle.

Et si je le pose à gauche :

— Mets-le à droite !

Elle m'en veut, c'est sûr, à cause de l'histoire d'hier. Mais qu'est-ce que j'y peux ? Est-ce que je ne suis pas déjà assez malheureuse de penser que le beau goûter de Mlle Délice a été gâché à cause de moi ? Violette a beau m'affirmer qu'après mon départ, on s'est remis à jouer très gaiement, je me tiens à quatre pour ne pas courir chez la maîtresse et lui dire… quoi… je ne sais, mais quelques mots auxquels elle réponde en me montrant qu'elle ne m'en veut pas.

Si encore c'était l'école !... Mais non, on est en vacances, il faut que je reste à la maison et j'en ai assez, assez d'être houspillée tout le temps ! J'ai bien essayé d'un moyen : pendant que tante Mimi crie, je me dis tout bas : « Je ne t'écoute pas... je ne t'écoute pas... » ; mais j'ai beau faire, j'écoute tout de même, et il y a des moments où je n'en peux plus. Heureusement, dès que papa est là, tante Mimi grogne moins, d'autant plus que lui, il est bon comme tout avec moi. Mais tout ça fait que la maison n'est pas gaie...

Papa nous a proposé pourtant d'aller passer une journée à la campagne, et c'est entendu : s'il fait beau dimanche prochain, jour de Pâques, nous irons déjeuner dans les bois de Clamart, comme nous l'avions fait l'année dernière ; mais je suis tellement triste que je n'en ai même pas envie.

Ce matin, comme je descendais au square avec Riquet, j'ai trouvé Marie Collinet qui m'attendait dans la rue.

— Il y a longtemps que tu es là ?

— Un petit moment, mais ça ne fait rien. Je voulais savoir si on ne t'avait pas grondée à cause de moi... Et puis (son visage s'est éclairé), regarde ce que ta mère m'a envoyé !

Elle a sorti de sa poche une carte postale, soigneusement enveloppée dans un mouchoir ; c'était une carte en couleurs qui représentait le Brusc, avec la mer bleu vif, et, au premier plan, un pêcheur assis à l'ombre d'un pin. J'étais contente que maman m'ait si bien comprise ; ah ! c'est qu'entre elle et moi, il suffit d'une parole, c'est comme ça, quand on s'aime bien ! Marie me regardait en riant.

— Et c'est écrit derrière, lis, lis : « *Un bon souvenir de la maman d'Aline.* » Il y a mon nom, mon adresse... Hein, crois-tu qu'elle est gentille ?

— Oh ! oui, elle est gentille, et tu verras, quand elle sera revenue, comme tu pourras venir goûter chez nous le jeudi, et puis toujours, quand tu voudras ! Tu frapperas, tu crieras : « C'est Marie ! », et maman cassera une tablette de chocolat en plus pour toi, avant même que tu dises si tu as faim !

Je parlais, je parlais... Marie avait passé son bras sous le mien, et dès que je m'arrêtais pour reprendre haleine, vite, elle me posait une question : comment était maman, ce qu'elle faisait, ce qu'elle aimait.

Riquet sautillait autour de nous, tandis que nous longions les petites allées du square, celle de la grotte, celle de l'étang, celle de la grotte encore, et j'ai fini par si bien me laisser prendre à mes rêves qu'en me retrouvant devant chez nous, une heure plus tard, j'ai eu un geste pour entraîner Marie dans l'escalier, comme si maman avait été là. Mais avec tante Mimi, rien à faire, elle ne veut pas entendre parler de « la quémandeuse », comme elle appelle Marie.

Quant au collier rouge, il est rangé en haut de l'armoire avec le joli livre, mais je me garde bien de les réclamer.

Samedi 17 avril.

Elles sont belles, les vacances ! Voilà que tante Mimi découvre ce matin que Riquet se lave très mal et décide de lui faire une « grande toilette ». Elle s'arme d'une brosse, d'un broc d'eau froide et plante Riquet au milieu d'une bassine. J'interviens timidement :

— Excuse-moi, tante Mimi, mais le médecin lui a interdit les douches froides ; il est si nerveux... tiens, demande à Estelle !

— Pourquoi donc ? Je sais ce que je fais, mademoiselle aux cent conseils. Allez, Riquet !

Et elle commence à lui verser l'eau froide sur la tête en lui frottant le dos avec la brosse. Riquet se tortille comme un ver en criant :

— Maman fait pas comme ça, maman fait pas comme ça !

— Possible... Mais tante Mimi fait comme ça.

Et de le brosser, et de l'inonder d'eau glacée ! Riquet pleurait, claquait des dents en s'agrippant à la brosse et, à la fin, quand tante Mimi s'est arrêtée, il était si blafard que j'ai eu peur.

— Là, a-t-elle dit, ça va mieux maintenant ?

— Oui, tante Mimi...

— Eh bien, nous recommencerons bientôt !

— Non, non, m'a chuchoté Riquet pendant que je le rhabillais ; non, non, Aline, pas bientôt !

Je lui ai promis de le défendre et même d'en parler à papa, parce que là, c'est une question de santé, et Riquet n'a déjà pas si bonne mine. Il m'a embrassée.

— Je descends jouer, Liline ?

— Oui, mon chéri, mais évite Armand, surtout ; tante Mimi ne l'aime pas et elle paraît si énervée... fais attention !

— Oui, oui !

Il part en chantonnant. Je commence à faire les lits, mais tante Mimi arrive.

— Qu'est-ce que tu fabriques ? Laisse ce lit tranquille, tu l'arranges en dépit du bon sens ; le drap n'est pas tendu, le traversin...

— Alors, qu'est-ce que tu veux que je fasse ?

— Récure les casseroles, ça vaudra mieux !

J'obéis, pendant qu'Estelle, à côté de moi, reprise sa chaussette.

— Aline ?

— Tante Mimi ?

— Descends m'acheter du Brillant-cuivre, je passerai payer.

— Oui, tante Mimi.

Je dégringole l'escalier et, au moment d'entrer chez le marchand de couleurs, j'aperçois Gabriel qui, traînant son pied malade, marche le long du trottoir, appuyé sur Armand.

— Eh bien ! lui dis-je, ça va mieux ?

— Heureusement, parce que j'en avais assez ! Mais je ne peux pas bien courir encore.

— Pour ça, plaisante Armand, avec ou sans entorse, je ne vois pas trop quand tu cours bien !

Gabriel s'arrête, suffoqué.

— Quel toupet !... Eh bien, attends, mon vieux... je te défie à la course, dès que je serai guéri !

— Entendu, réplique Armand, et fixons même le jour, si tu veux... tiens, le troisième jeudi de la fameuse semaine... tu sais, la semaine des quatre jeudis !

Nous éclatons de rire, et Gabriel avec nous. Mais où est Riquet ?

— Dans la cour, me dit Armand, près de la charrette. Il joue tout seul à la marelle... Riquet, Riquet, ta sœur te demande, et puis, viens donc voir, j'ai un caramel pour toi, un peu écrabouillé, mais bon quand même !

Riquet accourt, son caillou à la main, mais voilà qu'un bras le tire en arrière : tante Mimi est là, toute raide de colère.

— C'est comme ça que tu m'obéis, hein ?

— Mais, mais... bafouille Riquet qui ne comprend pas du tout.

— Je ne te l'avais pas défendu de jouer avec ce galopin d'Armand ? Non, je ne te l'avais pas défendu ? Non ?

À chaque « non », elle lui donne une tape, et puis elle l'entraîne dans la maison. Je les suis, laissant derrière moi Gabriel ahuri et Armand indigné d'avoir été traité de « galopin ».

Une fois chez nous, ça n'a pas été long : tante Mimi, sans mot dire, a pris mon Riquet sous son bras et l'a fouetté, oui, l'a fouetté aussi fort que le pouvaient ses petites mains.

– Mais je jou... je jouais tout seul... sanglotait le pauvre Riquet ; oh, Aline, Aline !

Je n'ai pas pu y tenir. Que tante Mimi soit injuste avec moi, je le veux bien, mais avec Riquet, avec Riquet... J'ai saisi le petit, je l'ai porté dans la chambre, sur le lit de papa ; et puis, après avoir refermé la porte derrière moi, je suis revenue. J'étais très calme.

– Pardonne-moi, tante Mimi, je n'ai pas pu faire autrement ; tu sais, maman n'a jamais battu Riquet.

– Et ça se voit ! s'est écriée tante Mimi, sinon il obéirait mieux !

– Mais il n'a pas désobéi, il jouait tout seul, vraiment tout seul à la marelle, je l'ai vu !

Un silence. Tante Mimi sourit, me regarde.

– Et le Brillant-cuivre ?

– Le...

– Le Brillant-cuivre que tu devais me rapporter ?

J'ai dû avouer que je l'avais oublié.

— Bien sûr, bien sûr, au lieu de l'acheter, tu t'amusais avec Armand... Mais de toi, rien ne m'étonne ! Estelle, Estelle !... va vite me le chercher, ma chérie !

Estelle descend, sans me jeter un coup d'œil. Je la rattrape dans l'escalier.

— Tu as vu, hein, ce qu'elle a fait à Riquet ?

Mais elle secoue la tête avec violence et part comme une flèche. Je crois qu'elle en a assez, elle aussi, mais qu'elle ne veut pas l'avouer. Et qu'est-ce qu'elle a donc, tante Mimi, à être si énervée ? Ça n'est pas naturel, à la fin ! Jusqu'au retour de papa, elle a continué à criailler contre moi et, quand il a été là, ç'a été bien pis, parce qu'il s'est fâché, lui qui est si patient d'habitude, en apprenant qu'elle avait battu le petit. De notre chambre où on nous avait envoyées, Estelle et moi, nous entendions la discussion, ou plutôt je l'entendais, parce que Estelle, comme toujours, faisait semblant de lire.

— Je ne veux pas que vous touchiez aux enfants, criait papa, Minette ne le fait jamais ; c'est tout à fait contraire à nos principes !

— Vos principes, je voudrais bien les connaître, vos principes, ils doivent être beaux ! Tout va à vau-l'eau, ici, depuis les fenêtres jusqu'à votre Riquet !

Alors, papa s'est fâché encore plus fort ; il a dit qu'il nous élevait comme il le voulait, que nous étions de bons enfants et que tante Mimi avait grand tort de tant cajoler Estelle et de nous gronder tout le temps, Riquet et moi.

— Très bien, très bien, a répliqué tante Mimi, j'ai grand tort, je suis stupide, voilà qui est entendu, mais rappelez-vous, mon ami, que ce n'est pas moi qui ai demandé à venir ici.

— Oh ! oui, a répondu papa, cela, je le sais bien, et soyez sûre, Mimi, que je ne l'oublie pas.

— Vraiment ? Drôle de manière de vous en souvenir !... Je ne m'éreinte pas pour faire marcher la maison, non ?

— Mais si !

— Les enfants ne sont pas bien nourris ?

— Mais si !

— Comblés de cadeaux ?

— Mais si, mais si, et croyez bien...

— Alors ? Alors ? Qu'est-ce qui leur manque ? Qu'est-ce que vous voulez de plus ? Que je me tue à la tâche, oui ?

Si bien que papa a dû finir par la remercier de tout ce qu'elle fait pour nous... Alors, elle s'est un peu calmée, on nous a appelés à table, mais le veau était à moitié brûlé. Ah, vrai, j'aimais mieux quand nous étions seuls, et mon ragoût, et les crêpes d'Estelle ! Sans en avoir l'air, avec ses petits gestes, sa petite voix, tante Mimi prend une telle place qu'on ne peut plus parler que d'elle.

Dans l'après-midi, heureusement, elle est partie faire des courses, et j'ai pu m'occuper de mon pauvre Riquet ; mais je ne suis pas arrivée à le faire rire.

Vers cinq heures, tante Mimi rentre, les bras chargés de paquets qu'elle nous lance à la volée, « comme les marrons du Père Noël », m'a dit ensuite Riquet.

— Tenez, c'est pour vous !

J'avais un porte-monnaie, Riquet, un sifflet, Estelle, une magnifique boîte de couture en cuir bleu, bien plus belle que nos deux cadeaux, mais ça ne fait rien. Riquet a tiré un coup de son sifflet, un petit coup mélancolique, et puis, il l'a mis dans sa poche ; mais Estelle, ravie, ouvrait, fermait sa boîte et en énumérait tous les trésors : les ciseaux, le dé, le passe-lacet... elle n'en finissait pas !

Est-ce que tante Mimi s'imagine que les cadeaux font tout oublier ?

Dimanche de Pâques.

Voilà, la journée dans les bois est passée.

Maman nous a envoyé des cartes de Pâques ; celle d'Estelle et la mienne représentent des cloches, celle de Riquet, un poussin jaune et, derrière, tout le monde a signé, même Marie-Claude qui a fait un rond bleu. Maman écrit que tante Lotte se porte beaucoup mieux, qu'il ne reste plus qu'à régler l'indemnité et que, si tout va bien, elle reviendra à la fin du mois.

— Tra la la, vive maman ! s'est écrié Riquet en exécutant une danse de Peau-Rouge, tandis que moi, je riais toute seule.

— Eh bien, a remarqué tante Mimi, ça fait plaisir, au moins, de vous voir si contents !

— Vous comprenez, a expliqué papa, ces petits, leur mère...

Ses yeux, à lui aussi, brillaient de joie. Tante Mimi l'a regardé un long moment.

— Je pense bien, je pense bien, ce sont là des sentiments très naturels !

Mais il y avait de l'agacement dans sa voix. J'ai fait signe à Riquet de se tenir tranquille et j'ai couru aider Estelle à préparer les provisions du déjeuner ; mais elle ne voulait pas que je m'en mêle et, après, elle voulait tout porter.

— Donne-moi donc au moins ce panier, voyons !

— Non, non, c'est tante Mimi qui me l'a confié !

— Oh, alors, ai-je dit, débrouille-toi seule, ma vieille, ça te changera !

— Méchante !

— Et toi ?

Et je suis allée rejoindre papa. Riquet le suivait, traînant son gros ballon.

— Tu l'as emporté ? C'est une bonne idée !

Il s'est haussé jusqu'à mon oreille

— Chut, chut !... C'est pour papa ; il aime tant ça, tu sais... moi, j'en avais pas bien envie !

— Pourquoi ? Tu vas voir comme tu t'amuseras !... On taillera des arcs, et je jouerai avec toi... hein ?

— Oui, Liline.

Mais il restait triste ; dans l'autobus, il avait glissé sa petite main dans la mienne et il regardait la rue, tout absorbé.

— À quoi penses-tu ?

— À rien, Liline.

Ça me tourmentait, mais quand j'ai vu les bois, quand j'ai marché dans l'herbe, oh, plus rien ne m'a tourmentée. Il faisait beau, un ciel bleu très pâle, le sous-bois vert et frais, des anémones partout.

– À vous, les enfants ! nous crie papa en lançant le ballon en l'air, d'un grand coup de pied.

C'est vrai qu'il aime ça, et qu'il joue bien ! Il avait retiré sa veste, et il fallait le voir, courant, « bloquant », « dégageant » et se fâchant quand on oubliait de lui marquer un point ! J'étais rouge, haletante, mais quand j'attrapais le ballon au vol et que je le relançais bien droit, bien dans les buts, ah ! que ça me plaisait !

– Eh, c'est un as, ma Liline ! a crié papa à tante Mimi qui s'était assise près des paniers, avec Estelle.

Tante Mimi a hoché la tête.

– Un vrai garçon... Elle en est cramoisie !

Bien, bien, tante Mimi, mais regarde donc ce coup droit !... Le ballon me revient, je fonce dessus... et m'étale de tout mon long par terre, le nez sur quelque chose qui sent bon, bon...

– Oh ! papa, des jacinthes... ici... là !...

Et, plantant là le ballon, je me mets à cueillir les fleurs, comme si toute ma vie en dépendait.

Le bouquet devient si gros que je ne peux plus le tenir et que les jacinthes tombent sur l'herbe, déjà toutes fanées. Tant pis, j'arrache mon ruban de cheveux et je le noue autour en serrant très fort.

– Un ruban de satin, mais tu es folle ! me crie tante Mimi que je croyais loin.

– Tante Mimi, c'est que j'ai oublié la ficelle, j'en apporte toujours d'habitude, et puis voilà que… Estelle, Estelle, tu te souviens du jour où nous étions au square, après mon angine, quand il faisait si beau que j'ai pensé aux bois de Clamart et que j'ai dit tout haut : « Il faudra qu'ils me laissent de la ficelle ! »… Tu t'imaginais que j'avais la fièvre !…

Je la secoue gaiement en éclatant de rire. Elle se défend un petit peu, ébauche un sourire – oh ! elle était jolie, sous les arbres, avec ses joues si claires ! – et je sens qu'elle a vers moi un élan, un petit élan ; mais, bien vite, elle se raidit.

– Non, je ne m'en souviens pas du tout.

– Rancunière ! dis-je entre mes dents.

Elle hausse les épaules, mais tante Mimi nous appelle.

– Il est midi… On déjeune !

— Bravo, bravo ! s'écrie papa, j'ai l'estomac dans les talons, moi ! Toi aussi, hein, mon Riquet ?

— Je sais pas, papa.

— Eh bien, attends, je vais te l'y faire descendre !

Et il le fait sauter en l'air, comme un ballon, mais c'était lui qui riait, pas Riquet. Pendant ce temps-là, j'aidais à déballer les provisions ; il y avait :

— un jambonneau entier ;

— des cornichons ;

— des œufs durs ;

— du porc froid ;

— des pommes de terre en salade ;

— un camembert ;

— des mandarines.

On mangeait dans de petites assiettes en carton que tante Mimi avait achetées exprès et qu'on jette après s'en être servi, et on prenait sa viande avec ses doigts : mon rêve ! Tante Mimi ne disait rien, elle paraissait décidée à tout trouver très bien, et, même, elle se donnait tant de mal pour avoir l'air gai qu'Estelle, tout étonnée, n'arrivait pas à l'imiter. Après le déjeuner, pourtant, elle a accepté de venir jouer dans le bois avec nous pendant que papa dormait, un journal sur la figure, et que tante Mimi refermait les paniers.

— Veux-tu que nous te fassions une hutte ? ai-je demandé à Riquet.

Il a dit oui, et nous en avons fabriqué une, Estelle et moi, avec un tas de branchages et les ficelles des paquets. Ça nous rappelait l'année dernière, et nous étions contents de jouer tous les trois, comme avant. Estelle entrelaçait les branches – elle est adroite, quand elle le veut bien – et quand la hutte a été finie, elle l'a trouvée si jolie qu'elle nous a proposé de jouer aux sauvages, rien que pour avoir le plaisir de dormir dessous. Nous nous sommes étendus par terre ; l'herbe était douce, le ciel brillait à travers les feuilles, on entendait le bruit du vent. Riquet, au bout d'un moment, s'est mis à geindre avec beaucoup d'application.

— Quel potin, pas moyen de fermer l'œil avec tous ces lions qui rugissent ! Il faut absolument que j'en tue trois ou quatre pour qu'on puisse dormir tranquilles !

Et le voilà qui sort en rampant, ramasse un bout de bois et vise la gueule ouverte du premier lion… Bang !

— Vous l'entendez ? Vous l'entendez ?... Ah, c'est qu'il rugit fort en tombant... il a même écrasé un palmier ! Les autres, ils se sauvent vers la mer, mais je les aurai, ah ! oui. Et d'un... et de deux et de trois !

Ce n'est plus Riquet, mais un vrai sauvage, dans une île pleine de dangers ! Estelle me lançait des clins d'œil... ah ! quel plaisir de ne plus se faire la tête ! Nous n'osions rien nous dire encore, mais ça allait mieux, sûrement !

Soudain, Riquet lance son fusil en l'air.

— J'ai une autre idée : je serais un génie, et la hutte, elle, serait mon palais !

— Ton palais ! s'écrie Estelle ; oh ! mais pas du tout, c'est une hutte !

— C'est un palais, vilaine sauvagesse !

— Voyons, Riquet, ai-je dit, laisse-la donc ; vous n'allez pas vous disputer, on s'amusait si bien !... Et puis, quoi, Estelle, qu'est-ce que ça peut bien te faire que ce soit une hutte ou un palais ?

— Ça me fait que je suis l'aînée, que je ne vais pas céder à ce bout de rien, et que c'est une hutte, une hutte, une hutte !

Mais Riquet a crié que non, que c'était un palais en marbre vert, et que les lions étaient ses serviteurs, tout habillés d'or de la tête aux pieds. Sur un geste de lui, ils auraient vite fait de se jeter sur Estelle et de la transformer, chaque lundi en moineau, chaque mardi en gardon, chaque mercredi en fourchette, chaque jeudi en chou, chaque vendredi en pantoufle, chaque samedi en gazelle et chaque dimanche en un gros potiron !

— As-tu fini ! hurlait Estelle, furieuse ; arrête tes bêtises, ou je te tue comme un lapin !

— Et moi, je te touche de ma baguette et tu dormiras pendant cent ans !

— Espèce de Robinson à la manque !

— Espèce de fée Carabosse !

— Taisez-vous, taisez-vous, répétais-je en courant de l'un à l'autre ; si tante Mimi vous entendait !

Trop tard, elle arrivait déjà.

— Ah, c'est du joli ! Tu n'as pas honte, Riquet, de te moquer de ta sœur aînée ?

— Mais Estelle aussi !...

— Voilà qui m'étonne, et tu ferais mieux de te tenir tranquille, mon petit bonhomme, après ce que tu as fait hier !... D'ailleurs, dès ce soir, j'écris à ta mère pour la mettre au courant : tu es trop insupportable, à la fin !

— Oh ! non, oh ! non, pas à maman ! s'écrie Riquet en fondant en larmes ; est-ce que j'ai donc été si méchant ?

Il pleurait, il pleurait ; je me glisse près d'Estelle.

— Dis quelque chose, c'est aussi de ta faute, à toi !

Mais elle s'en est bien gardée, comme toujours, et elle a disparu très vite, sous prétexte d'aller voir si papa dormait encore. Papa était réveillé et, agacé par toutes ces histoires, il a grondé Riquet qui l'écoutait, buté, en mordillant ses ongles. Je le regardais : il a très mauvaise mine, avec des cernes sous les yeux ; et il est si nerveux ! Papa aussi, d'ailleurs, et tante Mimi, plus encore. Mais elle est vraiment trop injuste, à la fin... et Estelle qui n'a rien dit pour la détromper !

Le jour tombait ; nous sommes rentrés dans un silence morne. Il ne peut donc plus y avoir de bonnes journées ?

Lundi 19 avril.

Riquet est livide, ce matin ; il n'arrête pas de me demander si tante Mimi a écrit à maman. J'en ai parlé à papa qui a questionné tante Mimi.

— Voyons, a-t-elle dit, il est évident que je n'écrirai rien, mais il fallait bien faire un peu peur à ce petit diable déchaîné !

Mais Riquet ne veut pas le croire ; il voit déjà maman recevant la lettre, il me l'a répété dix fois, vingt fois, si bien qu'à la fin, je l'ai envoyé jouer chez Gabriel qui a de nouveau mal au pied. C'est bien ennuyeux, ces vacances, et je ne sais plus quoi faire de lui, moi !

Ce matin, Violette allait au square Saint-Pierre avec son fameux cousin Cricri, et elle m'a bien proposé de l'emmener, mais tante Mimi a refusé net.

— Armand n'y est pas, pourtant !

— Sait-on jamais ? Et puis, ce Cricri ne me dit rien qui vaille.

Et elle grognait tant qu'elle pouvait, tout ça parce que hier soir, elle s'est brouillée avec Mme Misère, à cause d'une histoire d'encaustique ; maintenant, quand elle passe devant sa loge, elle se tient raide comme un bâton.

— Dis donc, elle revient bientôt, ta mère ? m'a demandé la concierge.

Et quand j'ai répondu : « À la fin du mois », j'ai vu qu'elle avait l'air ravie. Mlle Noémie aussi, et Mme Petiot encore bien plus. Quant à M. Copernic, je n'en parle pas ; depuis le déjeuner de l'autre jour, il n'ose plus se montrer chez nous et, dès qu'il aperçoit tante Mimi, il se sauve.

Par contre, tante Mimi ne jure plus que par les Fantout et fait l'éloge de leur « charmante Carmen » qu'elle voulait inviter à goûter.

— Ce serait une bonne relation pour toi, a-t-elle déclaré à Estelle.

Estelle, pour une fois, n'a pas dit oui, et elle s'en est tirée en affirmant qu'elle ne se lierait jamais avec une élève qui était dernière en tout.

Ah ! maman, maman qui rend à tout le monde la vie si légère !... Mais plus que douze jours, plus que douze.

Mardi soir, 20 avril.

Riquet passe des heures entières avec Gabriel, pendant que grand-mère Pluche fait ses ménages ; quand il remonte, il est muet, impossible de savoir à quoi ils ont joué. Papa me dit que, la nuit, il crie en dormant comme s'il avait peur, et il lui a acheté le fortifiant que maman lui fait toujours prendre. Pourvu qu'il n'aille pas tomber malade ! Il mange bien, pourtant ; avec tante Mimi, il est très sage, un peu trop, peut-être. Ce matin, je l'ai surpris en train de fourrager dans sa caisse à jouets.

— Qu'est-ce que tu cherches ?

— Oh, rien, Liline !

Et, soudain, il se jette dans mes bras.

— Tu m'aimes, dis, tu m'aimes bien ? Et tu es sûre qu'elle est pas partie, la lettre de tante Mimi ? Mais alors, si elle est pas partie, pourquoi est-ce que maman ne m'écrit pas ? Elle est fâchée, tu crois ?

— Mais non, mon chéri, tu te montes la tête pour des bêtises.

— Ah ! oui.

Mais il recommence, au bout d'une heure. J'ai écrit ce matin à maman en lui demandant de lui envoyer un petit mot, bien vite, mais je ne suis pas tranquille : il me semble, je ne sais pas pourquoi, que Riquet me cache quelque chose. J'ai essayé d'en parler à Estelle, mais c'est à peine si elle m'écoute, et papa… papa a des ennuis chez Martinet, à propos d'une armoire à laquelle il travaillait depuis six jours et qui est trop grande pour le panneau, il faut qu'il refasse tout, et M. Martinet dit que c'est de sa faute, si bien que papa passe ses nuits à se tourmenter. Alors, moi, je l'écoute se plaindre, et je n'ose rien lui dire pour Riquet… Mais si je pouvais m'endormir et ne me réveiller qu'à la fin du mois !

Mercredi 21 avril, 11 heures.

Riquet a disparu, oui, oui, disparu depuis ce matin, huit heures. Nous fouillons la maison, le quartier, nous ne le retrouvons pas.

Papa est revenu comme un fou de chez Martinet où Estelle avait été le chercher. Où est Riquet ? Riquet ? Riquet ? Ce matin, après avoir bu son café au lait, il m'avait appelée :

— Je descends chez Gabriel, Liline !

J'entends encore sa petite voix ; il paraissait un peu agité et, sur le seuil de la porte, il s'est retourné pour m'embrasser, mais je n'y ai pas fait attention : il était si bizarre depuis quelques jours – et j'avais les lits à finir !

Mais, vers dix heures, étonnée de ne pas le revoir, je suis descendue le chercher au deuxième étage.

— Riquet ? s'est exclamée grand-mère Pluche, il n'est pas venu, ce matin !

Pas venu ! Mon cœur s'est mis à battre. Peut-être, ai-je pensé, joue-t-il dehors avec Armand ? Je remonte quatre à quatre chez Violette.

— Tu n'as pas vu Armand et Riquet ?

— Riquet, non, et Armand, il est parti de bonne heure chez l'instituteur qui lui avait demandé de venir pour je ne sais pas quoi. Mais qu'est-ce qu'il y a donc ?

Je le lui ai expliqué ; mon cœur se serrait de plus en plus, je n'arrivais pas à comprendre.

— Voyons, m'a-t-elle dit, ne t'affole pas, il doit être dans la cour… Tiens, je vais t'aider à le chercher, veux-tu ?

Mais, dans la cour, pas de Riquet, pas de Riquet, nulle part. Il a fallu que je prévienne tante Mimi qui était outrée, et Estelle a couru chez Martinet pour... Allons, je me répète, je ne sais plus ce que j'écris, il me semble que je rêve... Armand... Oh... oh... et si Riquet avait été chez l'instituteur avec lui ?... C'est ça, c'est ça, sûrement.

2 heures.

Papa s'est précipité chez l'instituteur : Armand n'y était pas, il avait menti, personne ne lui avait jamais demandé d'y aller. Alors, c'est qu'il est parti avec Riquet, mais où... où ? Tante Mimi avait raison, tout de même... cet Armand... Je tournais, je tournais dans l'appartement ; l'idée m'est venue d'examiner les affaires du petit : il a pris son gros canif, il a pris son crayon rouge, il a pris son béret qu'il ne met presque jamais, et j'ai trouvé sur le lit de papa son atlas, grand ouvert, avec une page arrachée à la carte de France. Et puis, dans sa caisse où je l'avais vu fouiller, hier, il y avait sur le dessus la petite boîte de sa boussole, vide... En voyage, il est parti en voyage ! Je l'ai crié à papa de toutes mes forces, et nous sommes descendus bien vite chez les Petiot qui venaient de découvrir, dans le cahier d'Armand, une espèce d'itinéraire à travers la France.

— Ils se sont sauvés, les vauriens ! s'est écriée maman Petiot. Victor, il faut prévenir la police, nous n'avons plus que ça à faire !

Papa et M. Petiot viennent d'y partir, et moi, je reste là, à attendre. Estelle est assise sur son lit, raide et muette, je crois qu'elle n'a pas le courage de me parler. Et puis, tante Mimi nous étourdit à aller et venir, à crier, à répéter cent fois qu'elle avait bien prédit que tout ça finirait mal, qu'elle dégage en tout cas sa responsabilité. Mais qui est-ce qui l'accuse ? Ce qu'il faut, c'est retrouver Riquet, le retrouver, et rien d'autre. J'écris, je me force à écrire, pour ne pas avoir à penser, parce que, quand j'essaie d'imaginer ce qui a pu arriver, c'est trop terrible !... Et maman qui m'avait confié Riquet... quand elle saura !... Voyons, ce n'est pas possible, deux enfants ne partent pas comme ça sur les routes sans qu'on les rattrape ! Où voulaient-ils donc aller ? Et cette carte de France ? Riquet se tourmentait de cette lettre à maman... Oh... j'y pense... s'il avait été la voir, là-bas, au Brusc ? La carte, la boussole, l'itinéraire, c'est ça, c'est ça ! Vite, que papa revienne, que je le lui dise ! Je cours en parler à Violette !

10 heures du soir.

J'avais raison, j'avais raison, et voici comment je le sais : j'étais chez Violette, papa et M. Petiot venaient à peine de rentrer, quand arrive grand-mère Pluche, tout en larmes.

– Mon pauvre monsieur Dupin... ma pauvre madame Petiot... mes pauvres amis... ah ! ces maudits garçons, voilà bien de leurs coups !

– Mais quoi, mais quoi donc ? nous écrions-nous.

Et elle a fini par s'expliquer. Gabriel, depuis ce matin, avait un drôle d'air : il restait dans son fauteuil, sans jouer, sans parler, en poussant seulement, de temps en temps, d'énormes soupirs, et, chose plus inquiétante encore, à midi, il avait refusé de manger. Du coup, sa grand-mère l'a cru malade et elle allait appeler le médecin, quand Gabriel s'est mis à gémir d'une manière effrayante.

– Je ne veux pas du médecin, je n'ai rien, mais je ne peux pas garder ça pour moi !... Et j'ai promis, pourtant !... Oh ! comment faire ?

Grand-mère Pluche, qui flaire un mystère, cuisine son Gabriel, le tourne, le retourne et finit par tout apprendre : Armand et Riquet sont bien partis au Brusc pour voir maman, et tout le complot s'est machiné devant Gabriel. Il paraît que le pauvre Riquet a pleuré, lundi matin, en parlant de la lettre que tante Mimi l'avait menacé d'envoyer ; l'idée que maman pourrait lui en vouloir, ne plus l'aimer, lui faisait perdre la tête. Si les trains n'avaient pas coûté si cher... mais il ne possédait que 30 centimes !... C'est alors qu'Armand lui avait brusquement proposé de partir avec lui, à picd.

— Veux-tu ?

— Sûr que je veux !

Et ça s'était décidé comme ça. On avait sorti un atlas, on avait gribouillé des itinéraires ; c'était amusant, une vraie aventure, comme celles qu'on lit dans les livres. Armand était enchanté d'aider Riquet, tout en réalisant ses rêves de grands voyages, et Gabriel aurait maudit l'entorse qui l'empêchait de les suivre, s'il n'y avait pas eu tant à marcher ; mais c'était trop loin. Riquet, lui, s'était rappelé que Marie Collinet, une amie à moi, était venue à pied de Nice à Paris et avait même couché dans un pommier ; je l'avais raconté à table, et ce qu'une fille avait pu faire ne serait forcément qu'un jeu pour un garçon !

— D'autant plus, avait ajouté Riquet, que la route va descendre tout le temps... dame, puisqu'on va vers le bas de la carte !

— Ah ! bien, avait soupiré Armand, ça promet !

On avait gaiement réuni les économies : les 30 centimes de Riquet, 70 centimes qu'avait Armand, auxquels Gabriel, dans un bel élan, avait ajouté 80 centimes à lui : en tout 1,80 franc, une petite somme !... Et puis, une boussole, une carte en couleurs, deux canifs, deux tablettes de chocolat – enfin, un équipement sérieux. Le départ avait été fixé au mercredi matin, huit heures, et il avait été entendu qu'Armand, pour ne pas éveiller les soupçons, parlerait d'une visite à faire à son maître, pendant que Riquet ferait semblant de descendre chez Gabriel.

— Et ils sont inouïs, vous savez, a ajouté grand-mère Pluche ; quand j'ai demandé à mon Gabriel s'ils n'avaient pas eu un moment d'hésitation, tout de même, quelque crainte de faire peur à leurs parents, il a ouvert des yeux ronds : « À leurs parents ? Mais puisque c'est pour madame Dupin qu'ils font tout ça, justement, pour qu'elle n'ait pas de peine en recevant la lettre ! Riquet est magnifique, au contraire, et Armand, plus encore, lui se sacrifie pour tirer Riquet des griffes de madame Mimi ! C'est aussi beau que dans *Michel Strogoff*, parce qu'on ne sait pas ce qui peut leur arriver, hein, et les accidents, et les orages !... Armand est prêt à tout. »

Maman Petiot et papa sont aussitôt descendus questionner Gabriel, mais ils n'ont rien pu en tirer d'autre que des meuglements effroyables que nous entendions du palier. Et ils ont dû y renoncer.

Jeudi 22 avril, 8 heures du matin.

Vers où ont-ils bien pu partir ? Vers le sud, bien sûr, mais il y a un tas de routes qui y conduisent, au sud. Est-ce qu'ils ont pris celle de Corbeil ? celle de Melun ? celle de Provins ? Papa a étudié un plan de Paris ; d'après lui, ils ont dû sortir par la porte d'Italie, pour gagner Melun et Fontainebleau. C'est le chemin le plus court et, d'ailleurs, c'est celui qui est marqué sur le plan d'Armand.

Il est bien possible que, ce matin, ils aient déjà dépassé Athis Mons. Mais comment savoir ? Peut être, ils n'ont pas encore quitté Paris ? Peut-être, au contraire, ils ont rencontré une auto qui les aura menés plus loin ?

Et s'ils ont fait la route à pied, je vois mon Riquet trottinant à côté d'Armand avec, à la main, sa carte de France, où sont marqués seulement les grands noms, sur un fond rose ; il faut aller jusqu'à ce bleu qui est en bas et où est maman, voilà tout ce qu'il sait. Lui qui avait déjà si mauvaise mine !

J'ai examiné ses vêtements et j'ai vu qu'il avait pris ses vieilles chaussures, celles dont les semelles étaient trouées et que je devais porter chez le cordonnier. S'il faisait beau, ça serait tant pis, mais il pleuvote, et sûrement, sûrement, il prendra mal !... Et où ont-ils couché ?...

Cette nuit, papa l'a passée debout, sans se déshabiller ; il a voulu que nous essayions de dormir, mais moi, je n'ai pas pu ! Je restais étendue, les yeux grands ouverts, à me demander où était Riquet, Riquet !

— Oh ! écoute, ne l'appelle pas comme ça ! finit par me dire Estelle, excédée.

— Bon, bon, ai-je répondu, si tu peux dormir, tant mieux pour toi !

Elle s'est retournée contre le mur d'un mouvement brusque, en tirant tout le drap vers elle. Mais je n'ai pas grogné et, un moment après :

— Estelle, ai-je murmuré, embrasse-moi !

Elle n'a pas répondu. Je crois qu'elle m'en veut parce que papa ne me quitte pas et que c'est toujours à moi qu'il s'adresse, quand il parle de Riquet ; et elle est si bizarre, la pauvre Estelle, que ses petits chagrins à elle passent toujours avant nos inquiétudes.

Jeudi soir, 22 avril.

Une lettre de maman, une lettre joyeuse : elle revient jeudi prochain, dans une semaine. Oh ! que dira-t-elle, maman, que dira-t-elle si elle ne retrouve pas Riquet ? Mais d'ici là, voyons, ça fait huit jours, et aujourd'hui, demain au plus tard, on va nous le ramener ! Les agents sont déjà venus deux fois pour prendre des renseignements ; tout le quartier est au courant, les gens s'arrêtent chez Mme Misère : « Alors, ces petits ? » et quand elle répond : « Rien », ils s'éloignent avec un soupir.

Ce matin, chez Violette, j'ai trouvé Marie Collinet qui est tombée dans mes bras. Elle me rassure, elle me dit que ce n'est pas aussi fatigant qu'on peut le croire, d'aller à pied, que la pluie va cesser, que Riquet est solide, Armand, raisonnable, enfin, tous les mensonges qu'elle peut inventer pour me faire du bien. Mlle Noémie a écrit, à tout hasard, à sa nièce qui habite Melun, et M. Copernic a fait plus encore : il vient de partir en cachette pour Fontainebleau où il fera lui-même une enquête ; il m'a confié ça, tout à l'heure, en me défendant d'en parler à personne.

— Pas même à papa ?

— Surtout pas à lui, inutile de lui donner de faux espoirs ! D'ailleurs, je serai revenu demain : on ne me remplace que ce soir, au restaurant.

— Oh ! monsieur Copernic, que vous êtes bon !

— Mais non, mais non, j'avais grande envie de faire un petit tour à la campagne... Et puis, admettons que je vous aime bien !

Et il m'a quittée brusquement, parce qu'il commençait à être ému.

Mais comme j'aurais voulu partir avec lui, faire n'importe quoi, mais enfin, quelque chose qui me donne l'impression que je suis utile ! C'est terrible de rester là, à attendre ; à chaque instant, je tends l'oreille, je crois entendre dans l'escalier un bruit de pas, une petite voix... Je me précipite... personne !... Mon petit Riquet !

Vendredi 23 avril, 8 heures du matin.

Une autre nuit, que j'ai passée à courir Paris avec papa, de la porte d'Italie à la porte de Vanves, sans rien apprendre, sans aucun espoir de rien apprendre. À sept heures, ce matin, on nous appelait au commissariat : un enfant qu'on avait retrouvé dans le 14e arrondissement ; mais c'était un petit garçon de trois ans... Alors ! Ça n'est pas possible ! il faut qu'on les retrouve, il le faut.

10 heures.

Aucune nouvelle.

5 heures du soir.

Ils sont retrouvés. Ils sont là.

Vendredi 23 avril, 11 heures du soir.

C'est M. Copernic qui les a ramenés.

J'étais dans la rue, je parlais à Marie quand un taxi s'arrête devant la maison, et M. Copernic en sort, suivi d'Armand, avec Riquet qu'il tenait dans ses bras.

– Eh bien, les voilà !

Je le regarde, hébétée, je ne pouvais pas croire que c'était vrai. Mais Riquet s'est soulevé un peu.

– Liline ! a-t-il dit doucement.

Je l'ai pris, c'était bien lui ; il a blotti sa bonne petite tête ronde contre mon épaule, à la place où il la met toujours, je sentais ses cheveux mouillés dans mon cou. Je riais, je pleurais, je ne pensais même pas à l'embrasser ! Papa m'est soudain apparu dans un brouillard, revenant à la hâte de chez Martinet ; il a monté Riquet jusque chez nous, tandis qu'Armand disparaissait dans les grands bras de maman Petiot. J'ai déshabillé le petit, il était trempé, je l'ai frotté bien fort ; Estelle me passait les serviettes, tante Mimi préparait du tilleul. Riquet se laissait faire sans rien dire, il a paru content de se retrouver dans son lit et, quand j'ai voulu lui donner un peu de tilleul, il a fait un geste pour repousser la cuiller, mais sa main est retombée tout de suite sur le drap : il dormait.

— Tant mieux, tant mieux ! a murmuré papa ; il doit être épuisé !... Nous verrons demain comment cela ira.

Ils sont tous partis sur la pointe des pieds, mais pas moi ; Riquet avait pris ma main, dans son sommeil, et je n'osais pas la retirer. Oh ! il était pâle ; mais je n'avais pas peur qu'il tombe malade, non, je ne pensais qu'à une chose : il est là, mon cher petit, c'est sa petite main que je tiens.

Au bout d'un moment, tante Mimi est entrée.

— Ton père t'appelle chez les Petiot avec Estelle ; va, je garderai Riquet.

Armand avait les yeux rouges, et il était en train d'avaler une soupe chaude ; ses parents, sa sœur le regardaient manger, tandis que M. Copernic, assis en face de lui, devant un petit verre de cognac, s'agitait joyeusement sur sa chaise.

– Eh bien, cela va mieux, mon gaillard ?... Ah ! tu ne faisais pas si bonne figure quand je vous ai aperçus, toi et le petit !

Et c'était à Barbizon, dans la forêt de Fontainebleau.

M. Copernic, toute la matinée, avait exploré la ville, questionnant celui-ci, questionnant celui-là.

– Vous n'avez pas vu deux enfants, un grand brun, un autre plus jeune ?

On répondait : « Non ! », il continuait sa route, et puis, tout à coup, sur la place du Château, il était tombé sur un car qui partait pour Barbizon... Barbizon... un joli endroit où il avait été, une fois, et qui avait dû bien changer, depuis lors... Une heure plus tard, il y débarquait et il s'installait pour déjeuner à la terrasse d'un café. Le patron lui apporte le menu.

– Vous n'avez pas vu deux...

Mais, juste à ce moment-là, voilà que surgissent de la forêt deux silhouettes, une bleue, une grise, qu'il lui semble bien reconnaître. Le petit en gris traîne les pieds en reniflant, l'autre, les cheveux dans les yeux, le tire à bout de bras comme il peut. À la vue du café, tous deux s'arrêtent, chuchotent... Et c'était Riquet et Armand !

— Ma foi, continue M. Copernic en avalant une gorgée de cognac, j'ai d'abord pensé à aller leur parler tout de suite, mais la curiosité m'a retenu : qu'allaient-ils faire ? J'ai décidé d'attendre un peu et j'ai pris une autre table, plus au fond, derrière unc dame et sa petite fille. Armand s'est avancé : « Mesdames, messieurs (nous étions trois), je vous présente la célèbre troupe... Tralalaire, dans ses différents exercices. Et moi d'abord, je vais faire le poirier (il le fait) et puis, je vais vous poser une devinette : Qu'est-ce qu'on lance blanc et qui retombe jaune ? (Personne ne répond.) C'est un œuf !... Et quelle différence y a-t-il entre un juge et un escalier ? (Personne ne répond davantage.) Eh bien, l'escalier fait lever le pied et le juge fait lever le bras ! » Et puis, trois ou quatre du même genre, toutes plus usées les unes que les autres. Après quoi, sans se démonter, il entonnc une chansonnette, quelque chose commc :

Il faut te marier,
Papillon couleur de neige,

Il faut te marier
Par-devant le vieux mûrier…

d'une voix tellement fausse qu'il m'en écorchait les oreilles ! (Ah ! c'est la seule chose que je ne te pardonne pas, mon garçon, c'est d'avoir chanté faux !) À part ça, il faut reconnaître qu'il a du cran, ce loustic !… La petite fille a battu des mains, et cela se serait peut-être arrangé si Armand, stimulé par son succès, n'avait eu la malencontreuse idée de pousser Riquet devant lui. « Maintenant, mesdames et messieurs, vous allez entendre le plus grand récitateur Turlupin, dans sa dernière création *poyétique* ! (et tout bas) allons, Riquet, vas-y de ta fable ! – Non, non », faisait Riquet. Mais l'autre insistait, la petite fille trépignait, si bien qu'il a dû s'exécuter. On a entendu :

Le… le… loup… loup… et… l'agneau…
Un agn… gn… gneau… se… se…

Et voilà mon Riquet pris soudain d'un hoquet, d'un hoquet ! Il veut continuer, le hoquet l'arrête, et ainsi de suite, de plus en plus fort ! « Dépêche-toi donc », lui soufflait Armand. « Je peux… hic…

pas… hic… » Et Riquet de hoqueter, et Armand de le secouer, et la petite de rire si fort qu'il a fini par pleurer à grand bruit. Le patron est sorti, s'est mis à tempêter ; déjà, il parlait des gendarmes quand j'ai fait mon apparition. Scène attendrissante : les deux gamins se jettent à mon cou, je les installe à ma table, et le patron, ravi d'avoir trois clients au lieu d'un, reprend son air enjoué. Et voilà… nous sommes revenus… Mais Armand, Armand, mon ami, que tu chantes faux !…

— Oui, bien sûr, monsieur Copernic ! a répondu Armand avec conviction.

— Mais toi, lui a dit papa, raconte-nous donc, à ton tour, le début de ce fameux voyage. Qu'est-ce que vous avez fabriqué, hein ?

Armand a baissé le nez, très penaud.

— Euh, je ne sais pas, monsieur Dupin… On a pris l'autobus jusqu'à la porte d'Italie, d'où c'est que part la route de Fontainebleau. Là, on a acheté chacun trois petits pains pour manger avec nos tablettes, deux sucettes, encore deux tablettes pour finir nos petits pains, et on est partis en suivant les poteaux indicateurs. On a marché, mais pas trop longtemps, parce que, dès qu'on a été dans la vraie campagne, des jeunes gens en auto nous ont

appelés au passage : « Où allez-vous, les enfants ? – À Fontainebleau, chez nos parents. – Euh, ils disent, ça nous paraît drôle, mais montez quand même, nous vous déposerons tout auprès : c'est notre direction, justement. » Ils étaient gentils, tous avec des gros sacs et des cordes, surtout un qui s'appelait Fred et qui avait une de ces culottes de sport !... Arrivés à un croisement, ils nous font descendre : « Tournez à droite, vous y êtes ! » Mais nous, on a tourné à gauche, et c'est comme ça qu'on s'est perdus.

— Comment... comment, perdus ? nous écrions-nous.

— Eh oui, perdus pour de vrai !...

— Écoute, dit papa, vous êtes entrés dans la forêt le mercredi, vers midi... enfin, tout de suite en y arrivant, et quand en êtes-vous sortis, quand ?

Armand le regarde.

— Mais ce matin, devant monsieur Copernic !

— Voyons, vous n'y avez pas passé deux jours entiers ?

— Sûr que si, puisqu'on était perdus !... On tournait, on tournait, pas moyen d'en sortir, on revenait toujours aux mêmes endroits. Et puis, il faut dire aussi qu'on s'occupait un peu à jouer avec les rochers, à glisser dessus, à sauter de l'un à l'autre ; c'est une forêt épatante pour la gymnastique, mais ça nous perdait du temps, même qu'on a couché les deux nuits : une fois dans une vraie grotte, comme les Cyclopes, une autre fois, au milieu des bruyères. On avait froid.

— Et qu'avez-vous mangé ?

— Eh bien, rien, puisqu'on n'avait rien, à part des bouts de nos petits pains. N'importe comment, on n'avait plus de sous, et c'est pour ça qu'on a fait la troupe, comme Vitalis, dans *Sans Famille*, sauf qu'il n'y avait pas de chien.

— Eh, eh, s'est exclamé M. Copernic, je comprends maintenant pourquoi vous avez si prestement vidé vos assiettes !... Pauvres petits !

Maman Petiot a eu un geste de colère.

— Ah ! non, dites donc, ne les plaignez pas ! Ils auraient mérité cent fois pis, ces vauriens !... Celui-là surtout, ce grand nigaud qui, à douze ans, n'a pas plus de raison qu'un canard !

— Hi, hi, a fait Armand, c'était pour Riquet... pour... pour...

— Tais-toi, et va au lit, galopin !

Elle l'a entraîné, tout sanglotant, dans sa chambre. C'était la première fois que je voyais

Armand pleurer, ça me paraissait drôle, et Estelle a trouvé ça ridicule. Nous sommes rentrés, après avoir bien remercié M. Copernic que papa a promis d'inviter, dès que maman sera revenue. Riquet dort toujours, ses joues sont chaudes, chaudes... pourvu qu'il n'ait pas la fièvre, il était si mouillé, il a dû avoir si froid ! Papa le veillera, cette nuit, mais je me lèverai demain de très bonne heure, pour aller le voir.

Samedi matin, 24 avril.

Riquet est malade ; il avait 39°7 ce matin, à six heures. Le médecin est venu, mais il ne voit rien : pas d'angine, pas de rhume, pas de bronchite, seulement la fièvre.

Alors, qu'est-ce que c'est ? Qu'est-ce que c'est ? J'ai regardé en cachette dans le dictionnaire, et j'ai vu que les typhoïdes commençaient comme ça, par la fièvre, et aussi les méningites. Oh ! que j'ai peur ! Riquet est très agité, il se tourne, il se retourne, il enlève ses draps et, quand tante Mimi a voulu lui mettre une compresse sur le front, parce qu'il avait mal à la tête, il l'a repoussée en criant : « À la caverne ! » C'est peut-être la grotte où il a dormi ? Tante Mimi a pris ça pour une insulte et elle ne bouge plus de la cuisine ; dès qu'un cataplasme est prêt, elle m'appelle :

— Aline, prends-le !

C'est vrai, d'ailleurs, que Riquet ne veut que moi, il faut que je lui tienne la main, il faut que je lui parle, il faut que je lui sourie, et la seule chose qui le calme un peu, c'est quand je mets ma joue contre la sienne ; alors il ferme les yeux et il répète tout bas : « Maman ! maman !... » comme une litanie. Ça me fait pleurer ! Papa est chez Martinet où Estelle, de temps en temps, court lui donner des nouvelles ; à part ça, elle essaie de m'aider, mais elle ne sait pas bien et, tout à l'heure, elle a renversé le tilleul sur le beau couvre-pieds rose de maman ; depuis, elle reste assise sans bruit, tout au bout du lit, et elle me regarde aller et venir avec des yeux tristes, tristes.

Armand a une bronchite, mais ça m'est égal, Armand.

Le médecin reviendra dans la soirée ; qu'est-ce qu'il dira ?

5 heures et demie.

40°8. Riquet ne s'agite plus du tout ; il est tellement fatigué qu'il n'a même plus la force de se soulever sur son oreiller. On dirait qu'il perd toutes ses forces...

Et si ?... Oh ! non... il va guérir !...

Et ce médecin, mais qu'est-ce qu'il fait donc ?... Ah ! on sonne, c'est lui !

7 heures.

Rien encore, le médecin ne peut rien dire. J'ai couru après lui dans l'escalier.

— Monsieur le docteur, oh ! jurez-moi que... que ça n'est pas une méningite, ou bien la... la fièvre typhoïde !

Il a souri, derrière ses lunettes.

— Voyons, ma petite fille, tu ne vas pas tomber malade, toi aussi ? En voilà des bêtises ! Je viens de le dire à ton père : si la fièvre tombe demain, elle n'aura été due qu'à une extrême fatigue, conséquence de cette équipée ! Mais, bien évidemment, il faut qu'elle tombe.

On fait des enveloppements[2] d'heure en heure. Papa m'aide, le soir ; il sait très bien, il est doux, il va vite ! Oh ! que cette fièvre baisse, qu'elle baisse !

2. *Enveloppement* : linge ou compresse dont on couvre le corps.

9 heures.

Papa ne se couchera pas, tante Mimi non plus ; nous voulions rester aussi debout, Estelle et moi, mais ils ont dit non. Est-ce qu'ils s'imaginent que nous pourrons dormir ? Et si Riquet me réclame ? Je suis bien décidée, en tout cas, à ne pas me déshabiller, comme ça, si papa m'appelle, je n'aurai qu'à sauter du lit. Mais que ça va être affreux de rester dans le noir, à attendre demain.

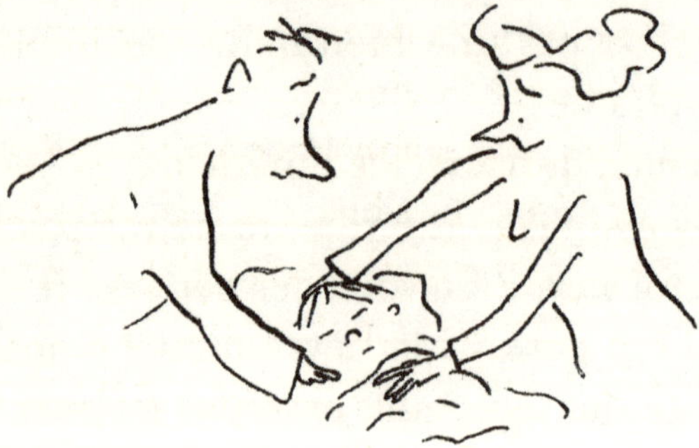

Dimanche 25 avril, 6 heures du matin.

La fièvre tombe un petit peu : 39°1, à quatre heures, un degré et demi de moins qu'hier. Le médecin l'avait dit, oh ! quel bon médecin !... Riquet est encore très rouge et très brûlant, mais il ne se plaint plus, je crois même qu'il dort... Papa s'est allongé à côté de lui pour se reposer. Moi, je ne peux pas. Je me suis levée plusieurs fois cette nuit, pour voir comment ça allait. Et puis, à quatre heures, tante Mimi est venue me chercher, parce que Riquet me réclamait. Dès qu'il m'a vue, il a pris ma main, il l'a refermée doucement sur la sienne, et c'est à ce moment-là qu'il s'est endormi. Quand il se réveillera, sûrement, il aura moins de fièvre encore ; c'est cette longue marche qui l'avait tant fatigué, et puis les nuits dehors. Il aura du mal à reprendre ses forces, mais je ferai tout ce que le médecin dira, tout ! Il faut que Riquet ait très bonne mine pour le retour de maman : je l'emmènerai chez le coiffeur, ça grossit la figure d'avoir les cheveux coupés, et je lui mettrai son beau costume neuf.

Mais que je parle d'Estelle. Cette nuit, je croyais qu'elle dormait, quand je l'entends qui m'appelle tout bas :

— Liline… Liline…

— Qu'est-ce qu'il y a ?

— Li-line !

Et la voilà qui se jette sur moi, cache sa tête contre mon épaule, et sanglote, sanglote.

— Liline, est-ce que tu crois que Riquet… que Riquet est très malade ?

— Mais non, qu'est-ce que tu racontes ? Riquet n'a rien qu'une grande fatigue, conséquence de son équipée (les mots mêmes du médecin…), et, dès demain, la fièvre baissera ! Voyons, voyons, dans quel état te mets-tu ?

Elle a pleuré plus fort, et tout à coup :

— Ce n'est pas tant pour ça, mais… tu ne m'aimes plus, non, tu ne m'aimes plus du tout !

C'était elle qui me faisait des reproches ! Du coup, je me suis fâchée. Je l'ai appelée « nigaude…

sotte… gourdiflotte… ». À chaque mot, elle pleurait un peu moins, et quand j'ai eu dit « idiote », elle s'est calmée tout à fait.

— Je vois que tu m'aimes encore un peu. Oh ! Liline, j'étais si malheureuse ! Tu sais, le jour où tu m'as dit : « Si tu peux dormir, tant mieux pour toi ! », et puis cet autre, où tu étais si contente d'aller sans moi chez Mlle Délice… et puis…

Comme ça pendant dix minutes, avec des détails, mais si déformés que je n'y reconnaissais plus rien. Je ne pouvais pas en croire mes oreilles : c'était donc moi qu'Estelle accusait, moi à qui, au contraire, elle avait fait tant de peine ? C'était trop fort, et j'avais bien envie de lui tourner le dos ; mais elle paraissait vraiment très malheureuse, et je n'ai pas osé. Il y a eu un long silence, et Estelle a dit enfin, lentement, d'une voix changée :

— Je sais bien, va, je sais bien comme je suis : je ne pense qu'à moi… Je ne peux pas faire autrement… Aide-moi, Liline… aide-moi… j'ai besoin que tu m'aides, je t'en prie !

— Estelle ! ai-je murmuré.

J'ai mis mes bras autour d'elle, et nous nous sommes serrées si fort l'une contre l'autre que nous nous entendions respirer et que nos larmes se mêlaient sur nos joues... Pauvre Estelle, elle a raison ; un petit feu brûle dans son cœur, un feu si faible, si faible qu'il faut l'entourer de beaucoup de chaleur, de beaucoup de tendresse pour l'empêcher de mourir. De Riquet, de moi, elle ne se soucie pas beaucoup, mais voilà : « Je ne l'aime plus. » Eh bien si, telle qu'elle est, je l'aime, et je l'aiderai, puisqu'elle me le demande, elle me trouvera toujours auprès d'elle. Je le lui ai dit, redit.

Elle m'a embrassée.

— Ma Liline chérie, que tu es bonne ! Mais, tu sais, plus j'y pense, plus je suis sûre que c'est la faute de tante Mimi, tout ça. Au début, ça m'amusait qu'elle me préfère, qu'elle me fasse des compliments et des cadeaux ; mais, après, elle ne voulait plus que je la quitte, et je vous croyais contre moi, toi et Riquet... Oh ! je la déteste !

— Écoute, Estelle, elle a été vraiment très gentille avec toi.

— Non, non, je lui en veux trop !

Elle s'est tue un moment, et quand je l'ai appelée, un peu plus tard, elle dormait déjà tranquillement, comme si Riquet n'avait pas été malade, comme s'il n'y avait rien eu d'autre au monde que ce grand chagrin dont je venais de la consoler.

Ce matin, elle s'est réveillée toute fraîche, toute gaie. Elle me sourit, elle couvre papa de baisers, elle est aux petits soins pour Riquet.

– Eh bien, et moi ? lui a dit joyeusement tante Mimi.

Mais Estelle lui a lancé un regard si froid qu'elle s'est détournée avec une tristesse étonnée, et j'ai bien vu qu'elle avait de la peine.

Lundi 26 avril.

Riquet n'a plus de fièvre. Le thermomètre, ce matin, marquait 36°8.

– 36°8, a fait tante Mimi en le secouant ; ce n'est pas possible, il est détraqué, le petit avait encore 38°3, hier soir !

J'ai été emprunter celui des Petiot ; même température.

– Oh ! mais, j'en ai assez, du thermomètre ! s'est écrié Riquet ; et puis j'ai faim, moi !

Il avait faim !...

Je lui ai donné un peu de purée, de la compote de pommes ; il était content de manger, et même, il a réclamé de la compote.

— Non, non, ai-je dit, c'est assez, sinon, tu retomberais malade et tu ne pourrais pas te lever jeudi pour le retour de maman.

— Oh ! alors, s'est-il exclamé, je ne mangerai plus du tout, du tout, si ça vaut mieux !... Mais qu'est-ce qu'elle dira, maman, quand elle saura que j'étais parti pour la voir ? Est-ce qu'elle sera fâchée tout entière, ou bien en même temps, un petit peu contente ?

— Voyons, Riquet, fâchée, sûrement ! C'était très mal... papa te l'a bien dit !

Papa le lui a dit, en effet ; mais Riquet ne paraît pas comprendre. Il a eu tort, il le reconnaît, de partir en cachette, sans prévenir, mais puisque c'était « pour maman » ! Il croit avoir tout dit avec ces deux mots-là, et comment le gronder, comment le punir ? Papa lui a seulement fait promettre de ne jamais recommencer.

— Bien sûr, a répondu Riquet, puisque maman sera toujours là, maintenant !

Tante Mimi les écoutait, indignée.

— Ton père est fou, m'a-t-elle confié ; ah ! il deviendra quelque chose de beau dans dix ans, votre Riquet ! Quant à cet Armand !...

Là, je dois dire que je suis de son avis, bien qu'Armand répète de son côté qu'il a fait tout ça « pour Riquet ». Possible, mais plus encore parce qu'il aime les aventures, et je crois qu'il l'aurait payé joliment cher s'il n'avait pas eu de bronchite. Sa mère le soigne à sa manière, avec de grands élans de tendresse, coupés de brusques colères où elle le menace de le mettre à l'hôpital.

– Tu le mériterais, garnement, et je ne sais pas ce qui me retient de te claquer !... Ah !... tu as de la chance d'être au lit !

Armand pleure, il jure qu'il sera sage, mais Violette est là pour le consoler ; elle lui fait la lecture, tout en berçant Nono, et elle m'a avoué qu'elle était très contente.

– Tu comprends, Armand est devenu si docile, j'en fais ce que je veux, et ça me plaît tellement de le soigner ! D'ailleurs, c'est décidé, je me ferai infirmière quand je serai grande, j'aime trop ça !

En attendant, comme c'était la rentrée, elle est partie pour l'école avec Estelle. Moi, je suis restée, à cause de Riquet, et je n'y retournerai que vendredi, quand maman sera là – pouvoir dire ça, et que ce soit vrai !

— Veux-tu que je reste à ta place ? m'a proposé Estelle, un peu mollement, je dois l'avouer.

Et, comme je disais non, son visage s'est éclairé.

— Ah ! tant mieux, ça m'ennuyait de manquer l'histoire... Mais si ça avait pu t'aider, je l'aurais manquée quand même, évidemment !

Là-dessus, elle s'est sauvée dans un tourbillon.

Quant à moi, j'irai cet après-midi voir la maîtresse pour lui expliquer mon absence, et Violette me passera les devoirs, voilà tout.

Lundi soir.

J'ai vu Mlle Délice ; elle se coiffe un peu autrement, avec la raie de côté, pourquoi a-t-elle changé sa coiffure ? À part ça, elle est toujours aussi gentille. Violette a raison : elle ne m'en veut pas pour le jour du goûter, et puis, même si elle m'en avait voulu, l'histoire de Riquet aurait tout effacé ; elle me posait question sur question, et, à la fin, elle m'a donné pour le petit une image belle comme tout, qui représente des chameaux dans le Sahara.

— Et mon livre de *Robin des Bois*, t'a-t-il amusée ? m'a-t-elle demandé brusquement.

J'ai voulu dire oui, mais je n'ai pas eu le courage de lui mentir, et j'ai avoué, les larmes aux yeux, que tante Mimi me l'avait confisqué.

— Ta tante Mimi, a-t-elle dit pensivement, ah ! oui... (Et, changeant de ton :) Au fait, Aline, ton amie Marie, elle commence brillamment le trimestre, avec 10 en calcul, 9 en français ; oh ! ce sera une excellente élève, maintenant qu'elle est sortie de sa coquille !

Et elle a ajouté qu'elle nous emmènerait toutes les deux chez elle, un soir à quatre heures, et qu'elle nous prêterait des livres. Quel bonheur !... Je l'ai crié à Marie qui jouait dans la cour (c'était la récréation), et ses yeux ont brillé de joie.

— Oh ! Aline, et ta mère qui revient, en plus !... Je suis trop heureuse !

— Jamais trop, Marie, jamais trop ! ai-je répondu en l'embrassant.

Et je suis partie bien vite, parce que Tiennette, Lulu, Jacqueline, qui m'avaient aperçue de loin, accouraient vers moi de tous les coins.

Mais Riquet m'attendait.

Nous avons passé un bon après-midi, tous les deux seuls, pendant que tante Mimi, pour changer un peu d'air, se promenait avec Mme Fantout. Le Sahara de la carte a paru magnifique à Riquet.

— Seulement, m'a-t-il demandé, pourquoi est-ce qu'on ne voit pas dessus la ligne de l'équateur ? Elle y est bien, pourtant, et moi, je sais la dessiner, avec mon gros crayon noir. Mais, dis, Liline, je me demande : est-ce qu'elle existe pour de vrai, cette ligne-là, à ton avis ? Est-ce qu'elle est grande ? Est-ce qu'elle est pleine, ou bien creuse comme un tuyau ? Est-ce que tu crois que je pourrais m'allonger dessus sans que ça me brûle le dos ? J'aimerais bien...

Et il s'est mis à me parler de sa vie d'école ; il me rappelait maman quand, pendant mon angine, elle me racontait son enfance, et c'est vrai que Riquet a un peu sa voix.

— Quelquefois, disait-il, à la recréation, au lieu de jouer avec les camarades, je vais m'asseoir sur un banc, sans rien faire.

— Tiens, quelle drôle d'idée ; tu dois t'ennuyer, pourtant !

— Oh ! oui, mais comme ça, la récréation me paraît plus longue, tu comprends !

Cher petit... Estelle est rentrée, nous avons goûté gaiement tous les trois, en nous posant des devinettes. Estelle était ravie : elle avait eu deux 10 et des compliments de la maîtresse.

Oh ! tout va bien aller, maintenant !…

Mardi 27 avril.

Riquet vient de se lever pendant deux heures et, à midi, il a mangé du jambon. Évidemment, on voit qu'il a été malade ; il est pâle, un peu languissant ; j'espère pourtant que maman ne lui trouvera pas trop mauvaise mine.

C'est jeudi matin qu'elle arrive, maman, au train de 9 heures 24. Tout s'arrange, au Brusc, pour l'indemnité : l'enquête a eu lieu, l'oncle Émile n'était pas responsable, l'accident est dû à un poteau qui aurait dû marquer : « Travaux, ralentir », et qui était tombé, paraît-il ; de sorte que tante Lotte touchera une rente de 4 000 francs jusqu'à ce que ses enfants soient élevés… 4 000 francs, c'est énorme… Et, encore en plus, elle a trouvé une pensionnaire : une petite fille de dix ans qui habite Lyon et à qui le médecin a prescrit le Midi. Ses parents sont crémiers, elle s'appelle Clarisse et elle arrivera dimanche prochain, après le départ de maman, parce que, avant, il n'y aurait pas eu de lit pour elle.

Tante Lotte est désolée que maman s'en aille…

Hé, je la comprends, tout est plus triste, sans maman ; elle ne revient qu'après-demain, mais, déjà, c'est comme si elle était un peu avec nous. Le matin, quand je me réveille, je secoue Estelle comme un prunier.

— Bonjour, ma vieille, bonjour !

Et nous rions parce que, en nous embrassant, nous mêlons nos rubans de nuit. En chemise, nous courons à la fenêtre, à la fenêtre sans ti-toum. Il fait beau, les petits nuages glissent dans le ciel, les maisons ouvrent leurs volets. Nous nous lavons, la serviette danse, le savon vole, Riquet rit tout seul dans son lit, papa chantonne en s'habillant, et quand nous nous regardons les uns les autres, nos yeux se disent : « Elle revient ! » Et ce n'est pas seulement chez nous, non, quelque chose a changé aussi dans la maison ; Mme Misère et Mlle Noémie ne se taisent plus quand je passe, mais elles me crient :

— Nous parlions de ta mère, Aline, elle doit commencer ses paquets !

Grand-mère Pluche, c'est la même chose, et elle fera une tarte aux cerises.

— Je n'en aurai pas, a gémi le gros Gabriel, jamais je ne pourrai monter jusque chez vous, avec cette sale entorse !

— Bah ! ai-je dit, maman t'en descendra sûrement un morceau, mon gourmand !

Et Marie Collinet, et maman Petiot, et Armand qui m'appelle près de son lit :

— Crois-tu qu'elle viendra me voir, pour que je sache ce qu'elle pense de… de…

Il n'a pas fini sa phrase, mais j'avais compris et, là, je n'ai rien répondu, parce que je lui en veux trop pour Riquet.

Quant à M. Copernic, il était monté hier, son violon sous son bras, pour faire une visite à « son petit ami » ; mais tante Mimi ne l'a pas laissé entrer.

— Mon neveu est fatigué, monsieur, et le docteur nous a recommandé de le laisser en famille.

C'est Violette qui a entendu ça, et il paraît que le pauvre M. Copernic a redescendu l'escalier, tout déconfit, avec son violon, ses chansons et son jeu des choses qu'on n'aime pas… Mais il verra, quand maman sera là !

Et tante Mimi ? Eh bien, tante Mimi fait ce qu'il faut faire, elle fait toujours ce qu'il faut faire.

Pendant la maladie de Riquet, jamais elle n'a été en retard d'une minute pour lui préparer ses enveloppements, mais jamais non plus elle ne s'est approchée de son lit pour lui sourire. Il y a comme une barrière entre elle et nous ; dès que nous parlons de maman, elle sort tout doucement et elle s'en va chez les Fantout décharger son cœur. Je le devine, parce que, quand Mme Fantout me rencontre, elle prend avec moi des airs, des airs… Ça m'est égal ; ça m'est égal aussi que tante Mimi nous quitte, je voudrais la regretter un peu, mais je ne le peux pas.

Mercredi 28 avril, 5 heures.

Tante Mimi est partie, pour de bon, ce matin, de bonne heure, et maintenant, elle est chez elle, au Havre !... C'est hier soir qu'elle a annoncé la nouvelle à papa.

— Fernand, imaginez-vous qu'on m'appelle au Havre, oui, une lettre de monsieur Cousinot, mon propriétaire, que je viens de trouver chez la concierge : il y a une fuite dans ma tuyauterie d'eau, et il me demande les clefs pour pouvoir faire entrer les plombiers ; vous comprenez bien que je ne veux pas d'ouvriers dans mon appartement, pendant mon absence ! Alors, n'est-ce pas, à un jour près, comme Minette revient jeudi... je partirai demain matin, au train de 9 heures 10.

Demain matin !... Nous nous regardions, Estelle et moi, nous avions du mal à ne pas avoir l'air contentes... Et Riquet qui, de son lit, nous faisait des signes !

– Mais, a dit papa, je le comprends très bien, Mimi ; c'est déjà trop bon de votre part d'être restée si longtemps ; vous vous êtes tant fatiguée pour nous, jamais nous ne l'oublierons !

Il parlait, il parlait, j'avais un peu honte ; c'était vrai, tout ce qu'il disait.

– Et moi, ai-je ajouté, je t'écrirai souvent, tu sais ; ça... ça va nous manquer de ne plus te voir !

– Oui, oui, a fait distraitement tante Mimi, et j'ai surpris son œil inquiet fixé sur Estelle ; mais Estelle, qui pelait sa pomme, n'a même pas relevé la tête.

Nous sommes allées nous coucher, et je dormais depuis un long moment, je crois, quand un bruit léger me réveille et, à la lueur de la lune qui passait entre les volets, j'aperçois tante Mimi dans sa grande chemise de nuit blanche. Elle s'approche sans bruit – moi, je ne bouge pas –, se penche sur le lit, si près que je sentais son souffle, et nous regarde longtemps, longtemps, sans nous toucher. Et puis, tout à coup, elle s'écarte, soupire et, tendant par-dessus moi son bras maigre, caresse la joue d'Estelle, furtivement. Là, j'ai entrouvert un petit peu les yeux et j'ai pu voir son geste un peu gauche, tout plein de timide tendresse.

Estelle avait senti le frôlement, dans son sommeil ; elle s'est retournée, souriante, et a murmuré tout bas :

— Maman !

Tante Mimi s'est redressée si brusquement que j'ai failli oublier que je faisais semblant de dormir ; on aurait dit qu'elle s'était coupée avec un couteau, et ça m'a fait tant de peine pour elle que je n'ai pas eu le courage de rouvrir les yeux pour la regarder partir. Je me suis rendormie et, le lendemain, elle était si bien comme d'habitude que j'ai pu croire un moment que j'avais rêvé.

Elle allait de l'armoire à sa valise, de sa valise à l'armoire, en répétant que, dans tout ce fouillis, elle allait sûrement oublier quelque chose.

— Veux-tu que je t'aide ?

— Ah ! non, par exemple, tu embrouillerais tout !... Occupe-toi plutôt du petit déjeuner !

Mais il y avait une complication : qui l'accompagnerait à la gare ? Papa était obligé d'aller chez M. Martinet qui lui donne congé, demain matin, pour l'arrivée de maman ; moi, j'avais Riquet. Estelle m'a attirée à l'écart.

— Je ne peux pas manquer l'école, je viens de le dire à papa : c'est la composition de français !

— Qu'est-ce que vous complotez ? a demandé tante Mimi, le nez dans sa valise.

Estelle s'est sauvée sans répondre, et il a bien fallu que je lui explique. Elle s'est mise à rire.

— En voilà des histoires pour rien ! Comme si je ne pouvais pas aller toute seule à la gare !

Mais on voyait qu'elle pensait le contraire, et j'ai proposé piteusement :

— Si tu veux, moi, je t'accompagnerai... Maman Petiot viendra jeter un coup d'œil sur Riquet, et je le lèverai en revenant.

Et c'est comme ça que la chose s'est décidée, sans que nous en ayons grande envie, ni l'une ni l'autre. Estelle, avant de partir pour l'école, a embrassé distraitement tante Mimi.

— Au revoir, ma tante, à bientôt !

Mais je lui ai fait de tels yeux qu'elle a ajouté vite :

— Et on te remercie bien, tu sais !

Tante Mimi a tendu sa joue, sans la regarder.

— Au revoir, ma petite !

Et quand, un peu après, nous avons entendu Estelle qui dégringolait l'escalier en fredonnant, elle s'est tournée vers moi, un peu nerveuse.

— Alors, Aline, dépêche-toi ! Je veux bien que tu m'accompagnes, mais il ne faut tout de même pas que tu me fasses manquer mon train !

— Oh ! ne crains rien, nous avons encore plus d'une heure... Mais tu ne dis au revoir à personne, dans la maison ?

— J'ai vu les Fantout, hier soir, et pour le reste !...

Et elle a fait un geste qui voulait dire que, de ce reste, elle se moquait bien. Dans le taxi – un beau taxi rouge –, elle a passé son temps à compter et à recompter ses bagages. Je la regardais, je revoyais la femme si triste de la nuit. « Ce n'est pas la même », me disais-je. Et pourtant si, c'était la même tante Mimi, il y avait tout ça dans son cœur, tandis qu'elle me répétait, de sa voix autoritaire, qu'elle avait très peur de manquer son train.

Un élan m'a poussée vers elle, et je me suis mise à lui raconter des choses pour lui faire plaisir, les unes que je pensais, les autres que je ne pensais pas, comme, par exemple, que je serais très contente de connaître M. Cousinot, son propriétaire, quand nous irions la voir au Havre.

— Pas tout de suite, pas tout de suite, ma petite, a-t-elle répliqué ; un... deux... trois... je ne vois pas le carton jaune. Où l'as-tu mis, empotée que tu es ?... Ah ! le voilà... Garde-moi bien tout, au moins, pendant que je vais prendre mon billet !

— Oh ! oui, sois tranquille !

Qu'est-ce que je pouvais faire de plus ? J'avise une marchande de journaux, et j'en choisis un : *La Femme à la mode*, qui me coûte 1,50 franc, tout ce que j'ai ; mais la couverture est magnifique et, quand tante Mimi revient, je le lui tends ; elle ouvre des yeux ronds.

— C'est pour moi ? Que tu es drôle, Aline ! Mais tu ne t'es pas trop éloignée des bagages, au moins ?

Et comme je l'embrassais plusieurs fois en la quittant, pour Estelle autant que pour moi, elle m'a repoussée vivement, en s'écriant qu'elle avait tout juste le temps de monter si elle voulait avoir un coin avant. Du quai, je lui faisais des signes, mais elle ne me regardait pas, et, quand le train a démarré, je l'ai vue qui discutait avec une dame, à propos de la fenêtre ouverte.

Je suis sortie, j'avais envie de pleurer. Dans l'autobus, un peu moins, un peu moins encore en descendant, et, à mesure que je me rapprochais de chez nous, ma joie revenait, je riais toute seule, et j'ai monté l'escalier quatre à quatre, tant j'avais hâte de retrouver la maison, la maison sans tante Mimi. Voilà comment on est !

Riquet me guettait derrière la porte, tout habillé, les yeux pleins de malice.

– Liline ! vive Liline ! Je suis prêt ; hein, c'est une surprise ? C'est que nous avons un travail fou, ce matin… (il a pris un air solennel) parce que tu penses tout de même pas que nous allons laisser maman revenir dans cet appartement-là… Non, non, on va tout changer, tout remettre comme avant… hein, Liline ?

Sa voix, son sourire me suppliaient. Cher Riquet… je l'ai pris dans mes bras et me suis mise à danser.

– Tu as raison, tu as raison ! Vite, dépêchons-nous ! Je voudrais que ça soit déjà fait !

Quel mal nous avons eu ! Jamais je n'aurais cru que tante Mimi avait changé tant de choses ; c'est bien simple, voici la liste :

1. – L'armoire à linge que nous avons entièrement défaite pour la ranger comme maman la range (j'y ai retrouvé mon collier et *Robin des Bois*).

2. – La boîte à ouvrage de maman que nous avons replacée sur la petite table et, avec 1 franc que m'a prêté Violette – moi, je n'avais plus rien, à cause du journal de tante Mimi –, je suis descendue acheter un bouquet de narcisses que j'ai mis à côté.

3. – Tout le buffet de la cuisine, les provisions, les couverts.

4. – Mon beau dessin de la tempête que j'ai refait. Ce n'était pas très pressé, bien sûr, mais je n'aurais pas pu attendre un jour de plus. Je crois qu'il est très réussi, plus joli que celui d'avant, et les vagues sont terrifiantes : forcément, j'ai fait des progrès.

5. – Pendant que je le finissais, Riquet allait et venait dans la salle à manger ; j'y cours, je le trouve grimpé sur une chaise et farfouillant dans la pendule.

– Tu comprends, Liline, je l'arrête, pour qu'on retrouve nos 6 heures moins 10 !

– Mais tu vas tout casser ! Laisse-moi faire, tiens-moi seulement mon crayon bleu… là !

En un clin d'œil, j'ai eu enlevé le balancier et déplacé les aiguilles. Ah ! que nous allions bien déjeuner, avec nos 6 heures moins 10 devant les yeux, comme avant, comme toujours !

Il ne restait plus que le ti-toum, le plus dur. Riquet a été chercher dans sa caisse à jouets sa panoplie de menuisier, mais comment faire quelque chose avec un si petit marteau ? La fenêtre ne bougeait pas, je ne savais même pas par quel bout la prendre.

– Qu'est-ce que tu fabriques, ma fille ? me demande maman Petiot, de sa cuisine.

– J'arrange la fenêtre, mais il me manque un bon marteau !

– Hé, viens le chercher !

Je sortais de chez elle avec le marteau, quand je me heurte à Estelle qui rentrait de l'école.

– Estelle, Estelle, viens m'aider, je refais le ti-toum !

– Oh ! très bien, très bien, j'arrive !

Elle tenait la fenêtre, je tapais, et nous avons eu enfin raison du gond.

– Dites donc, vous démolissez la maison, là-haut ! nous crie la concierge, de la cour.

– Bon, bon, c'est fini, madame Misère !

Estelle se frappe le front.

— Attends !

Elle disparaît et revient avec son vase qu'elle pose triomphalement sur la table de toilette !

Il était plus de onze heures ; et le ménage ? Estelle saisit le balai, Riquet, le chiffon, je descends acheter un bifteck et des pommes de terre. Ça nous rappelait le jour où le poêle ne tirait pas et où nous avions dû tant nous dépêcher. Et, là encore, nous avons fait si vite qu'à midi et demi, tout était prêt, la table mise, les pommes de terre cuites.

Papa est rentré ; nous l'avons entraîné à travers les pièces pour qu'il voie les changements. Devant le petit bouquet, il a dit : « Chers petits ! », devant l'armoire, il a souri, devant la pendule, il s'est mis à rire, mais, quand il a vu le ti-toum, il s'est fâché :

— Vous n'auriez pas dû...

— Papa, c'est notre ti-toum !

Quel gai déjeuner nous avons fait ! J'ai raconté le départ de tante Mimi, mais on sentait que papa était à cent lieues d'elle, qu'il pensait à maman, là-bas, prête à partir.

Il est content, Martinet ne lui en veut plus et vient de recevoir une grosse commande : des quantités de rayons pour une bibliothèque de six mille livres.

— Six mille livres ? s'est écrié Riquet, ahuri ; mais alors, papa, c'est tout le temps les mêmes ?

— Grosse bête, tu crois donc qu'il n'existe que six mille livres ? Mais il y en a cinquante, cent fois plus !

Riquet a poussé un long soupir.

— Oh !... je n'aurai jamais le temps de les lire tous, même si je vis très longtemps !... Comment faire ?

— Eh ! tu choisiras les meilleurs, mon garçon ! a répondu papa.

Mais on voyait qu'il était très fier que Riquet ait tant envie de lire, et il s'est mis à chanter « *Vole, mon cœur, vole* », d'une voix tellement fausse que nous en riions aux larmes, tous les trois.

Maintenant, j'ai fini la vaisselle et je viens de conduire Riquet chez le coiffeur ; il a déjà bien meilleure mine, avec sa bonne petite tête tondue. Je l'ai installé sur mon lit, et je me dépêche de nettoyer les cuivres, d'achever les rangements pour maman.

À quatre heures, je ferai mes devoirs avec Violette. Je vais d'une pièce à l'autre, je voudrais que tout soit si beau. Est-ce que demain viendra ? Est-ce que la nuit passera ?

Mme Misère me dit que tante Mimi n'avait pas reçu la moindre lettre, hier soir. Alors, elle avait menti, pour les plombiers, c'était un prétexte pour partir ? Pauvre tante Mimi, je comprends tout ; ça lui aurait fait trop de peine de voir notre joie, au retour de maman, et elle a mieux aimé s'en aller... C'est terrible pour elle d'être si jalouse, mais elle n'y peut rien, et je n'en ai pas parlé à papa.

Jeudi 29 avril.

Maman est là, elle est vraiment là, c'est bien elle. Pendant que j'écris – il est une heure –, elle est assise dans le fauteuil, avec Riquet sur ses genoux, Estelle à sa droite, et papa devant elle, qui la regarde d'un air heureux. Elle n'a pas changé, sauf qu'elle est en noir, mais elle a mis un col blanc.

Nous avons tous été la chercher à la gare, ce matin, tous, même Riquet que j'avais bien emmitouflé dans son cache-nez et dans son beau costume gris.

Comme le temps nous a paru long : nous regardions les aiguilles de l'immense pendule qui avançaient à petites secousses : 9 heures 7... 9 heures 15... 9 heures 23... Un sifflement, un grand bruit de vapeur, des gens qui courent le long du quai et, tout à coup, dans la foule, quelqu'un de sombre qui s'élance vers nous.

— Mes chéris !

C'était maman !... Papa la serre dans ses bras, si longtemps que nous la lui arrachons de force et l'embrassons tous à la fois, Riquet d'un côté, Estelle de l'autre.

— Allons, allons, a fait un employé, en voilà un embouteillage ! Vous vous attendririez chez vous, les voyageurs !

Nous nous sommes séparés, nous avions un peu honte, et papa nous a fait monter dans un taxi. Maman nous regardait, nous regardait encore.

— Il me semble qu'Estelle a grossi. Liline a bonne mine, mais son bonnet est tout de travers (elle l'a relevé doucement... Oh ! sa main sur mon front !). Et mon Riquet... il est un peu pâlot, dites, est-ce qu'il n'aurait pas été malade ?

— Un petit peu, a dit papa, mais ce n'est rien ; je t'expliquerai plus tard...

Et il commençait à raconter le départ de tante Mimi quand nous sommes arrivés, et Mme Misère est accourue pour nous ouvrir la portière.

— Madame Dupin, eh, vous voilà tout de même, misère ! Avez-vous fait un bon voyage ?

Alors, toutes les portes de la maison se sont ouvertes, et c'était à qui viendrait voir maman : grand-mère Pluche, la couturière, M. Copernic, et même le charbonnier qui était sorti de sa cour. Mais Mme Petiot est intervenue.

— Laissez-les tranquilles, ils ont besoin d'être un peu en famille !

Et on nous a seulement aidés à monter les bagages. Comme maman était contente ; elle courait d'une pièce dans l'autre, comme une petite fille, s'arrêtait, respirait les fleurs.

— Ouh ! elles sentent bon !... Et rien n'a changé, non, rien, à part le vieux fauteuil qui n'est plus gris !

Et voici que, d'une seconde à l'autre, tout est redevenu comme avant ; maman n'était jamais partie, nous ne nous étions jamais quittés, nous cinq.

— Fernand, a demandé soudain maman, qu'est-ce que tu me disais donc, à propos du petit ?

Papa a raconté l'histoire, mais en arrangeant tout le mieux possible et, par exemple, il n'a pas dit un mot des deux nuits passées dans la forêt. Maman était très pâle ; elle avait pris Riquet sur ses genoux et elle le serrait, elle le serrait contre elle, comme si elle avait eu peur qu'on le lui prenne.

— Méchant enfant, répétait-elle, méchant… comment as-tu pu faire une chose pareille ?… Et si…

Elle n'a pas continué, elle ne pouvait plus, et sa main était si crispée sur la figure de Riquet qu'il en avait la joue toute rouge. Lui, il ne disait rien ; il regardait seulement maman de ses yeux larges ouverts, en se tortillant un peu la tête pour mieux la voir, et il souriait.

— Allons, a fait papa qui était bien ému, lui aussi, ne te tourmente pas trop, Minette ; tout cela est loin, il est là, ton diable à quatre, et je t'assure qu'il ne recommencera pas de sitôt !… Hé ! les petites, qu'est-ce nous avons pour le déjeuner ?… C'est qu'il faut que je sois à deux heures chez Martinet, moi !

Il y avait du lapin, que maman aime tant, du brie et des babas au rhum (adieu les sardines !). Pendant que nous mettions la table, Estelle et moi, grand-mère Pluche a apporté sa tarte aux cerises ; elle a parlé de l'entorse de Gabriel.

— Pauvre Gabriel, s'est écriée maman, j'irai lui porter un morceau de votre tarte, tout à l'heure !

Cela, sans que je lui en aie soufflé mot ; oh ! nous nous comprenons bien !

À table, nous avons repris nos places d'avant, et Riquet se blottissait tellement contre maman qu'elle ne pouvait plus faire un geste ; mais elle ne s'en plaignait pas et l'embrassait à chaque instant.

— Il n'y en a que pour lui ! m'a glissé Estelle, pointue.

On aurait dit que maman l'avait entendue, parce qu'elle s'est mise à la questionner sur l'école, sur sa composition de français qu'elle a très bien sue.

— C'est parfait, ma chérie… Et Liline ?

— Pour Liline, a dit papa, c'est autre chose ; elle a dû rester ici, depuis lundi, pour s'occuper de son petit frère.

Maman m'a regardée en hochant la tête, avec un sourire un peu grave, et elle a seulement murmuré : « Ma Liline… », mais d'un ton si doux que j'ai couru chercher le brie à la cuisine, pour m'empêcher de pleurer.

— Voyons, a fait papa, parle-nous de toi, Minette ; qu'est-ce que Lotte a…

— Non, non, a crié maman, pas maintenant !… Dites-moi plutôt n'importe quoi, tout ce qui vous passera par la tête : j'ai tant besoin de vous entendre !

Quel vacarme ! Nous parlions tous à la fois, de tante Mimi, de l'école, du goûter de la maîtresse, c'était à qui hurlerait le plus fort !

– Assez, assez ! gémissait maman en mettant gaiement ses mains sur ses oreilles ; oh ! quelle idée j'ai eue, vous m'étourdissez !... D'ailleurs, il faut que je descende porter le gâteau à Gabriel.

Elle y a été, et puis après, je l'ai accompagnée chez les Petiot. M. Petiot nous a ouvert la porte, et j'ai bien vu qu'ils étaient un peu gênés, sa femme et lui, à cause de l'équipée d'Armand. Ils échangeaient des coups d'œil, et maman Petiot a dit enfin d'un air embarrassé :

– Voulez-vous voir le gamin, madame Dupin ?

– Mais oui, a répondu maman.

Armand était en train d'écouter Violette qui lui lisait *L'Île au trésor*. À la vue de maman, il a poussé un petit cri et a fait mine de se fourrer la tête sous son drap, pour se cacher ; mais il s'est ressaisi et a tendu une main moite.

– Bonjour, madame Dupin.

– Bonjour, a dit maman ; eh bien, il n'a guère grossi... A-t-il encore beaucoup de fièvre ?

— 38°1, 38°2, a répondu maman Petiot ; cela baisse un peu, mais il a joliment mérité son mal, le petit gredin ; entraîner votre Riquet dans une affaire pareille ! Ah ! je l'ai dit et redit, s'il n'avait pas été malade, qu'est-ce que...

Maman l'a arrêtée, d'un geste suppliant.

— Je vous en prie, madame Petiot, ne m'en parlez pas, voulez-vous... Quant à Armand (elle a hoché la tête), eh ! je sais ce qu'il pense, je le sais très bien. Allons, mes amis, au revoir !

Mais, sur le seuil de la porte, elle s'est retournée.

— Que je suis bête, j'oubliais le gâteau, le gâteau de grand-mère Pluche !... Tiens, Violette, en voici un morceau, tu verras comme il est bien fait !... Et Armand, peut-il en manger ?

— Oui, sûrement ! a balbutié maman Petiot, tout étourdie de voir que maman n'en voulait pas davantage à son garçon.

Armand a pris le gâteau en murmurant un « merci », très bas, et quand nous avons été parties, nous l'avons entendu, du palier, qui criait à sa sœur :

— Ce qu'elle est chic de ne m'avoir rien dit ! Ah ! maintenant, je te jure qu'elle pourra me le confier, Riquet, sans avoir peur que je lui fasse faire des bêtises, parce que j'ai compris, très bien compris, et elle le sait, ce que je pense !...

— Chut, chut ! a répondu Violette, tiens-toi tranquille, tu déranges ton oreiller... D'ailleurs, c'est l'heure de ton médicament !

Maman a souri.

— Vois-tu, ma Liline, Mme Petiot ne sait pas s'y prendre, avec son Armand ; ce qu'il lui faut, à ce petit-là, c'est être traité comme un homme.

6 heures.

Un peu plus tard, papa était parti et maman écrivait à tante Mimi, quand Marie Collinet entre timidement, tenant à la main un petit bouquet de jonquilles.

— Madame, excusez-moi : je suis Marie Collinet, l'amie d'Aline, et je vous apportais un bouquet pour... pour vous remercier de la belle carte postale.

— Oh ! s'est écriée maman, quelles jolies fleurs, moi qui aime tant les jonquilles, justement !... Eh bien, c'est tout, tu ne m'embrasses pas ?

— Madame !... a balbutié Marie, mais, déjà, maman l'avait embrassée sur les deux joues.

Après, elle lui a parlé de la mer, de Toulon qui n'est pas très loin de Nice.

— Si tu habites Nice, plus tard, comme me l'a écrit Aline, il faudra que tu ailles voir la tante Lotte !

Marie répondait « oui... oui... », mais je crois qu'elle n'écoutait pas très bien, elle était seulement contente d'être près de maman. Elle a goûté avec nous, et maman a si bien su s'y prendre que, bientôt, Marie riait et jacassait comme si elle avait été de la famille. Elle a joué aux dominos avec Riquet, elle a parlé de l'école avec Estelle, elle a regardé nos livres, nos jouets et, quand elle est partie, vers cinq heures, maman l'a chargée de demander à sa belle-mère si elle pourrait venir avec nous, dimanche, au Jardin des Plantes. Nous aurons aussi, ce même dimanche, M. Copernic à déjeuner : on fera une blanquette, et on la chantera tous en chœur, la chanson du pays des rêves !

La nuit tombait, c'était « l'heure entre chien et loup », comme dit Violette ; je me suis assise sur un petit banc, aux pieds de maman, et j'ai posé ma tête sur ses genoux.

— Ma Liline, m'a-t-elle dit, papa m'a raconté comme tu l'avais soutenu pendant ces six semaines, comme tu avais mis tout ton cœur à veiller sur ton frère, sur Estelle, sur lui-même, en t'efforçant de me remplacer un peu. Mais cela ne m'a pas étonnée, ma chérie : je savais que je pouvais avoir confiance en toi.

Elle s'est tue ; je n'ai pas pu répondre. Sa main caressait mes cheveux ; tout était bon, tout était chaud, le petit monde, le monde de l'enfance se refermait autour de moi. Mais je n'étais plus tout à fait la même ; ça vous change, d'avoir à faire face aux choses et, quand il arrive qu'on soit triste, de ne pouvoir compter que sur soi. C'était fini, maman était là, « mais, me disais-je, maintenant que j'ai compris, je pourrai l'aider, beaucoup mieux qu'avant ». Et je me sentais pleine de courage.

Table des chapitres

Colette Vivier (1898-1979) publie ses premiers textes en 1932 (elle est alors l'épouse de Jean Duval, universitaire célèbre). *La Maison des petits bonheurs*, son premier grand succès, fut récompensé par le Prix Jeunesse de 1939. Pendant la guerre, elle fait partie du réseau de Résistance du musée de l'Homme, expérience qu'elle raconte dans *La Maison des Quatre-Vents* (1945 ; publié chez Casterman en 1995). Bien d'autres titres suivront jusqu'à sa mort en 1979. Sensible et généreuse, Colette Vivier a très largement contribué à moderniser le roman pour la jeunesse.

Dans la collection
Romans poche
Dès 10 ans

Yaël Hassan

Quand Anna riait

Une photo, soudain, à la toute dernière page, a attiré mon attention. On y voyait grand-père, qui devait avoir alors à peine plus de seize ou dix-sept ans, en compagnie d'une jeune fille brune. Elle était assise devant lui et grand-père, debout, avait les deux mains posées sur ses épaules. Je la trouvai jolie.

Grâce à cette photo échappée de l'oubli, Simon va remonter le cours de l'histoire : celle de son grand-père, de cette belle inconnue, et aussi de ces sombres années de guerre...

Avoir seize ans en 1942.

Yaël Hassan

Manon et Mamina

– Je suis plutôt bonne fille, dans l'ensemble. Mais pas du genre à me laisser marcher sur les pieds. Je vais te leur mitonner une petite vengeance dont tu me diras des nouvelles !

Mamina, soixante-dix ans bien sonnés, n'a pas du tout envie de se laisser dicter sa conduite par sa famille rabat-joie.
C'est décidé, elle prend le large.

Mais sa rencontre avec Manon, petite fugueuse de onze ans, va bouleverser tous ses plans.

Une rencontre mi-fugue mi-raison.

Yaël Hassan

Le Professeur de musique

— Quelque chose ne va pas, Simon ? s'inquiéta Bella.

— C'est sidérant, vraiment sidérant !

— Quoi donc ?

— Écoute bien la fiche que je vais te lire !...

Simon Klein n'en revient pas : un Choukri qui aime la musique, la grande, la « vraie », et qui compte sur lui, le vieux professeur usé, pour la connaître mieux... cela ressemble presque à un canular ! Mais Malik Choukri veut réaliser son rêve, apprendre le violon, même s'il doit pour cela sortir M. Klein de sa triste torpeur.

Concerto pour violons seuls.

Sophie Dieuaide

Œdipe Schlac ! Schlac !

Œdipe se fâche, il sort son épée et couic ! il le zigouille… ça y est ! Il a tué son père !

— Ça, ça me plaît comme scène ! a lancé Baptiste.

Monter un spectacle de qualité, ce n'est pas si simple, surtout quand on s'attaque à la légende d'Œdipe ! Un vent de folie (grec) souffle sur le théâtre de l'école Jean-Jaurès.

« Œdipe roi… une tragédie ? » Sophocle pourrait se le demander !

Sophie Dieuaide

Minou Jackson, chat de père en fils

Mon fils était né. Je ne le quittais pas des yeux, je n'en respirais plus. Aucun doute, mon fils était cette chose rose et gluante.

Mon Dieu, qu'il était laid ! Mais laid !

Minou Jackson ne s'attendait pas du tout à devenir père. À son grand désarroi, le petit accapare l'attention de tous et lui donne la très désagréable sensation d'être de trop…

Et on voudrait qu'il aime cette boule de poils laide, ignare et envahissante ?

Comment être un bon père ? Minou Jackson n'en a pas la moindre idée et ce n'est pas près de s'arranger…

Jean-François Chabas

Ba

Je ne comprenais qu'à moitié. J'étais faible et fiévreuse. La seule chose que je savais, c'est qu'une femme étrangère, dans une cabane que je ne connaissais pas, se proposait de me planter une aiguille dans le front.

– Tu ne me touches pas, sale chinetoque, ai-je répété.

Assommée par une avalanche, Selma a été recueillie par Ba. Tout sépare les deux femmes, mais le danger va très vite se rapprocher ; autour de leur cabane perdue dans les neiges de l'Alaska, la mort est là, qui rôde.

Une aventure grandeur nature au temps de la ruée vers l'or.

Béatrice Bottet

Rififi sur le mont Olympe

—Eh bien, Éris, à quoi penses-tu ? demanda Zeus qui avait tout de même un œil partout.

—À rien, à rien de spécial, dit l'hypocrite.

—Je sens qu'elle nous prépare un mauvais coup, fit remarquer Hermès. Ce n'est pas pour rien qu'on t'appelle Discorde, hein ma vieille ?

Hermès n'a pas tort. Pour un mauvais coup, ce sera un chef-d'œuvre de mauvais coup : la pomme de Discorde, le jugement de Pâris et, pour finir, la guerre de Troie. Rien que ça !

Tout sur les origines de la guerre de Troie !

Sarah Cohen-Scali

La Puce, détective rusé

Mme Leroi, horrifiée, fit un bond en arrière et se colla contre la porte… Son magasin avait été sauvagement saccagé. Les vitres étaient brisées et il n'y avait plus un seul gâteau sur les plateaux où elle les avait déposés la veille au soir.

Les mystérieux saccages de pâtisseries ne s'arrêteront pas là !
Le commissaire Nullos saura-t-il se dépêtrer de cette délicate enquête ou devra-t-il appeler à la rescousse La Puce et son fidèle Gros Blair ?

Une enquête de La Puce, détective rusé.

Robert Boudet

Mon prof est un espion

C'est bizarre, se dit Max le Futé,
on dirait qu'il a quelque chose à cacher.
À la récré, l'émotion était à son comble.
– On n'a jamais vu un prof comme ça !

Max est bien décidé à percer ce mystère. Ses amis Bébé Plume, Sonia et le vieux commissaire Charvin ne seront pas de trop pour l'aider à comprendre le secret de l'étrange prof de français.

Un mystère au collège.

Évelyne Brisou-Pellen

La Fille du comte Hugues

– La soie va aux seigneurs… souffla dame Hersende, et ceci est à toi, car tu es la fille du comte Hugues et de la princesse Béatrice.

– Voyons, mère.

– Je ne suis pas ta mère. Écoute bien ce que je vais te dire…

Bouleversée par l'annonce du terrible secret que lui a révélé sa mère avant de mourir, Jehanne se met en route pour le château. Elle veut savoir qui elle est vraiment, d'où elle vient. Mais là-bas, qui va la croire ? Et quel accueil va-t-elle recevoir ?

Aux temps rudes du Moyen Âge, le destin singulier d'une jeune manante à la recherche de ses origines.